W0368683

Sharon Dodua Otoo

Synchronicity

edition assemblage

Bibliographische Informationen der Deutschen Bibliothek
Die Deutsche Bibliothek verzeichnet diese Publikation in der Deutschen Nationalbibliographie; detaillierte bibliographische Daten sind im Internet über http://dnb.ddb.de abrufbar.

Sharon Dodua Otoo
Synchronicity

ISBN 978-3-942885-74-4

Copyright © 2014 edition assemblage

edition assemblage
Postfach 27 46
D-48014 Münster
info@edition-assemblage.de
www.edition-assemblage.de

Mitglied der Kooperation book:fair
Mitglied der assoziation Linker Verlage (aLiVe)

Lektorat: Clementine Burnley
Titelbild und Illustrationen: Sita Ngoumou
Übersetzung: Mirjam Nuenning
Korrekturlesung: Nouria Asfaha, Carina Büker, Ronja Schreurs, Nadine Lantzsch und Joerg Hammer
Satz: Markus Weiß
Druckerei: Druckerei Leibi, Neu-Ulm

Printed in Germany 2014

Für Amira Yasmine Sharon
Rest in peace.

»and when we speak we are afraid
our words will not be heard
nor welcomed
but when we are silent
we are still afraid
So it is better to speak
remembering
we were never meant to survive«

***

Audre Lorde, *A Litany for Survival*

Tag 1

Die erste Farbe, die ich verlor, war mein Gelb.

Ich bemerkte es jedoch nicht sofort.

Es war ein Dienstag: Sams Tag. Es nieselte leicht und da ich keine Regenschirme mag (ich finde sie asozial – das ganze Stoßen und Schubsen …), lief ich mit gesenktem Kopf durch die Straßen, wobei ich mich für Richtungshinweise auf die Füße meiner Mitfußgänger_innen konzentrierte. Beinah funktionierte es auch. Ich stieß eigentlich nur mit einer Person zusammen – einem Polizisten. Und der zählt gar nicht erst, weil er selber nicht guckte, wo er hinlief.

Würden die Leute hier bloß lächeln, wenn es regnet! Denn eigentlich sind sie nicht wirklich hässlich; doch das Licht in ihren Augen wird ständig von ihren heruntergezogenen Mundwinkeln getrübt. Es steht ihnen einfach nicht. Andererseits, was kann man realistisch gesehen von Berliner_innen erwarten? Selbst wenn die Sonne scheint, lächeln sie viel zu selten.

Wie dem auch sei, als ich endlich nach oben blickte, weil ich mein Ziel erreicht hatte, ertappte ich mich wieder mal dabei gegen eine Tür zu „drücken“, obwohl sie wie schon immer ganz klar ein Schild hatte, welches mich informierte zu „ziehen“. Mir fiel auf, dass die Postfiliale irgendwie anders aussah, doch ich konnte nicht genau sagen wie. Ich kniff meine Augen zusammen, wobei ich das Gebäude mehrere Sekunden lang betrachtete und die ganze Zeit über an meiner Unterlippe nagte, bevor ich schließlich hineinging.

Berlin

Tag 2

Die nächste Farbe, die mich verließ, war Hellblau.

Wie ich es an jedem Morgen bis zu diesem getan hatte, schaute ich aus dem Fenster, um zu sehen, wie der Himmel aussah. Es ist ja nicht gerade so, als hätte ich Unmengen an Klamotten, aber wenn ich meine Morgenroutine durchlaufe, dann hilft es mir so zu tun, als spiele das Wetter eine bedeutende Rolle in meiner Entscheidung, was ich an dem jeweiligen Tag anziehe. In Wirklichkeit läuft es jeden Tag aufs Gleiche hinaus: großer, weißer Wollpulli: ja oder nein? Als ich an diesem besagten Morgen nachschaute, sah der Himmel trübselig aus. Grau wie ein ersoffener Pudel. Okay, ich weiß nicht wirklich, wie ein ersoffener Pudel aussieht, aber ich gehe jede Wette ein, dass er so grau ist, wie eine Farbe nur werden kann. Ich zog zusätzlich meine Skijacke an, nur um auf Nummer sicher zu gehen. Und damit du eine Vorstellung davon bekommst, wie kalt berliner Winter werden können, sollte ich hier anmerken, dass ich in meinem ganzen Leben noch nie einen Fuß auf eine Skipiste gesetzt habe.

Doch kaum hatte ich meine Wohnung verlassen, fing ich schon an zu schwitzen. Und ich meine damit nicht etwa, dass feine, feminine Schweißperlen meine Stirn schmückten oder so ähnlich. Ich brauchte nicht etwa ein hübsches kleines Taschentuch, um mir leicht die Nase abzutupfen – nein, ich brauchte ein ganzes Badehandtuch, um es mir um den Kopf zu wickeln. Sogar meine Dreadlocks trieften! Da ich spät dran war, machte ich den Fehler, nicht sofort zurück nach Hause zu gehen, um mich umzuziehen.

Den ganzen Weg bis zur Arbeit schielten mich *weiße* Leute von der Seite her an. Ich glaube im Bus murmelte einer von ihnen etwas Hochwissenschaftliches wie „… die Afrikaner müssen sich hier in Europa so anziehen, weil sie die Wüstenhitze ihrer Heimat vermissen …“

An diesem Abend hielt ich auf dem Weg nach Hause ein vorbeifahrendes Taxi an. Als ich einstieg, verwirrte ich die Fahrerin mit der Frage, warum ihr Licht nicht an sei, um zu zeigen, dass sie verfügbar war. Alles in allem war es ein harter Tag gewesen. Aber es machte immer noch nicht „klick“ – ich dachte lediglich, das Wetter habe mir einen seltsamen Streich gespielt.

Tag 3

Als mein Rot mich verließ, bemerkte ich es sofort.

Ich war dabei, die Straße zu überqueren, weil das rote Ampelmännchen verschwunden war, und natürlich dachte ich nicht daran, nachzusehen, ob das grüne schon da war. Ein großer *weißer* Typ stand neben mir. Ich kam nicht dazu, ihn zu fragen, wo er herkam, aber er sah irgendwie europäisch aus. Während ich über seine Herkunft nachdachte, trat ich hinaus auf die Straße. Kurz bevor mein anderer Fuß den Gehweg verließ, schnappte er sich plötzlich meinen Arm und zog mich fest zurück. Er sah wütend und fürchterlich erschrocken aus, als der Lastwagen an mir vorbeidonnerte und meinen Fuß um Millimeter verfehlte. Aber es war wirklich – WIRKLICH – nicht meine Schuld.

„Die Ampeln sind ja wohl eindeutig kaputt!“, sagte ich vehement und deutete auf die andere Straßenseite als Antwort auf seinen zornigen obgleich stummen Vorwurf der Fahrlässigkeit.

Doch das waren sie nicht.

Er schüttelte den Kopf und marschierte davon, als das grüne Licht aufleuchtete. Ich schaute mich um und sah, dass alle Autos – ohne Ausnahme – an einer grauen Ampel warteten. Die Rücklichter aller sich vorwärts bewegenden Fahrzeuge waren grau. Und die Bremslichter waren grau. Das *Sparkassen*-„S“, das *Vodafone*-Logo, selbst der bis dahin rote Glanz meiner Fingernägel … alles ein ödes, düsteres Grau. In den Schaufenstern sahen die Weihnachtsmannfiguren aus wie Männer, die gerade aus dem Gefängnis entflohen waren.

In diesem Moment überkam mich das Gefühl, dass ich drauf und dran war, in große Schwierigkeiten zu geraten. Als freiberufliche Grafikdesignerin konnte ich es mir nicht leisten, so kurz vor Weihnachten meine Farben zu verlieren.

Tag 4

Als mein Grün verschwand, war ich nicht überrascht.

Ich war in der Nacht zuvor bei dem Versuch eingeschlafen, zu erraten, welche Farbe wohl als nächstes dran war. Am Ende war es ein Unentschieden zwischen grün für Weihnachtsbäume, für Rosenblätter und für Mineralwasserflaschen, oder braun wie das Bündel Zweige, zusammengebunden mit einer goldenen Schleife, oder wie die Holzscheite im Kamin, oder wie die geschmolzene dunkle Schokolade auf Bananenpfannkuchen in meinem Lieblingscafé. Der Gedanke, mein Braun zu verlieren, hatte mich äußerst nervös gemacht. Ich fragte mich: „Wie würde ich dann bloß aussehen?“ Somit war ich tatsächlich beinahe dankbar, als ich aufwachte und bemerkte, dass ich nur mein Grün verloren hatte.

Aber ich wusste auch, dass ich es nicht mehr länger vor meinen Kund_innen verbergen konnte. Ich hatte darüber nachgedacht, sparsam mit der Wahrheit umzugehen. Darüber, ihnen zu erzählen, ich sei ernsthaft überzeugt, dass Schwarz-Weiß-Bilder viel eindrucksvollere Werbeplakate hergeben würden und dass es natürlich bewiesen sei, dass sie den Umsatz steigerten – aber das wäre niemals eine erfolgversprechende Strategie geworden. Alle wissen doch, dass Kinderspielzeuge immer in Farbe beworben werden. Kochbücher brauchen Farben. Strickmuster brauchen Farben. Ich brauche Farben. Und außerdem bin ich sowieso eine sehr schlechte Lügnerin.

Also hatte ich vor, offen mit ihnen über meine Farbkrise zu reden und mir erst dann Gedanken darüber zu machen, wie ich die nächste Hürde nehmen würde, nachdem ich in ihren Schuhen gegangen war – oder wie auch immer dieses Sprichwort heißt. Ich rief zuerst Herrn

Welker an. Er war ein schmieriger *weißer* Hotelmanager und Bauunternehmer, der gerade den Wohnblock, in dem ich wohnte, gekauft hatte. Ich hatte vor ihm zu erklären, dass wir dringend eine Besprechung bräuchten. Sein Telefon klingelte nur einmal – was ziemlich ungewöhnlich für ihn war.

„Guten Tag Herr Welker …“, begann ich zaghaft. „Ach hallo Boney“, antwortete er, „gut, dass Sie anrufen. Ich habe gerade an Sie gedacht. Ich habe einen großen Auftrag, für den ich Ihre Hilfe brauche. Riesig. Hinsetzen und mitschreiben. Ich werde Ihnen das hier nur einmal sagen …“

Tag 5

Lila verließ mich am Samstag und ich weinte,
weil es meine Lieblingsfarbe ist.

Ich beschloss, mein Bett nicht zu verlassen und stattdessen einen Trauertag einzulegen und mich mit den wenigen Farben, die ich noch übrig hatte, zu umgeben, sowie mit einer großen Portion dunkler Schokolade, weil sie genauso bitter schmeckte, wie ich mich fühlte. In der Tat war Schokolade auch mein Maßstab für braun. Seit Donnerstagabend hatte ich beschlossen, meine weißen Seidenhandschuhe routinemäßig vor dem Einschlafen anzuziehen. Sollte die Schokolade grau werden, würde ich sie nicht mehr ausziehen. Natürlich war meine Nase noch eine weitere heikle Angelegenheit, da ich sie sehen kann, wenn ich mich genug anstrenge. Ich wusste, ich würde eine gehörige Menge Selbstdisziplin aufbringen müssen, um nicht auf sie zu achten.

Mein Telefonat mit Herrn Welker am Tag zuvor hatte ärgerlicherweise mehr Probleme geschaffen als gelöst. Ich hatte etwas Zeit gewinnen können, indem ich ihm gesagt hatte, dass ich wegen einer „persönlichen Angelegenheit" ein paar Tage freinehmen müsse. Selbstverständlich gefiel ihm das nicht. Er war ein aufdringlicher Kontrollfreak mit einem aufbrausenden Temperament und daran gewöhnt, dass alle mit „Wie hoch?" antworteten, wann immer er „Springt!" brüllte. Ich war die einzige Kollegin, bei der er überhaupt eine Widerrede – oder auch nur etwas, das ansatzweise danach aussah – tolerierte. Und das nur, weil ich seine einzige Schwarze Kollegin war und er, wie die meisten *weißen* Deutschen seiner Generation (oder irgendeiner Generation) lieber seine Lederhosen verbrennen würde, als Rassist genannt zu werden. Doch ihm blieb keine Wahl. Ich sagte ihm, dass ich ihn am Mittwoch anrufen würde. Bis dahin musste ich eine Lösung finden: Einerseits durchlief ich den unaufhaltbaren Prozess, meine Farben Tag für Tag zu verlieren, wie alle älteren Mitglieder meiner Familie es vor mir getan hatten. Andererseits wurde mir gerade der Auftrag des Jahrhunderts angeboten. Würde ich diesen Job annehmen, müsste ich nie wieder arbeiten. Was sollte ich bloß tun?

Tag 6

An dem Tag, als mein Dunkelblau sich von mir verabschiedete, fasste ich meinen ganzen Mut zusammen und rief meine Mum an.

Wir hatten mindestens seit Ende letzten Sommers keinen Kontakt mehr gehabt, obwohl wir uns früher mehrere Male am Tag SMS geschrieben hatten. Das war in dem ersten Jahr, nachdem ich von Zuhause weg war. Während dieser langen zwölf Monate träumte ich jede Nacht von ihr und trug meinen Schlüssel zu ihrer Wohnung an einer zierlichen Kette um den Hals. Während dieser Zeit brachte mich der Gedanke an meine Mum sehr häufig heftig zum Schlucken und trieb mir Tränen in die Augen. Die Erkenntnis, dass ich sie niemals wiedersehen würde, war … wie soll ich es beschreiben? Die Worte, die ich brauchen würde, existieren schlichtweg nicht. Doch während meiner Kindheit hatte sie mir stets erklärt, dass Menschen wie wir dazu geboren wurden allein zu leben, allein zu lieben und allein zu sterben. Wir waren dazu bestimmt, auf niemanden angewiesen zu sein. Ich bilde mir ein, dass ich das nun erfolgreich akzeptiert habe.

Es war so lange her, dass meine Mum und ich das letzte Mal Kontakt miteinander gehabt hatten, dass ich mich nicht einmal erinnern konnte, ob wir überhaupt noch gut aufeinander zu sprechen waren – und wenn nicht, warum nicht? Wir liebten einander – kein Zweifel. Aber unsere Wortgefechte waren legendär und meine Mum ist kein versöhnlicher Typ, also wenn ich sie bei unserem letzten Gespräch verärgert hatte – egal wie weit entfernt sich diese Auseinandersetzung heute auch anfühlen mochte – dann blühte mir jetzt eine gewaltige und äußerst niederschmetternde Strafpredigt. Nach etwa zwanzig Minuten des Zögerns und des Überlegens beschloss ich, unseren derzeitigen Mangel an Kontakt darauf zu schieben, dass wir beide überarbeitet waren. Es war ein überzeugender auto-hypnotischer Trick, der mich dazu brachte, endlich die Anruftaste zu betätigen. Während ich dem Freizeichen lauschte, stellte ich sie mir vor – zerstreut wie sie ist – wild herumsuchend, um herauszufinden, wo das Klingelgeräusch herkam. Als sie endlich den Hörer abnahm, hörte sie sich um einiges älter an.

„Charlie?“, flüsterte sie fragend – als habe sie tatsächlich vergessen, wer ich war. Ich bemühte mich, nicht gekränkt zu sein.

Meine Mum ist die einzige Person, die ich kenne, die mich Charlie nennt. Amtspersonen, die es einfach nicht lassen können, nennen mich „Frau Mensah“. Aber das hasse ich. Ich bestehe darauf, dass Leute, mit denen ich arbeite oder die ich relativ oft sehe, mich „Cee“ nennen, unabhängig davon, wie sie von mir genannt werden wollen. Ich finde es gut, dass alle das respektieren. Außer natürlich Herr Welker. Sein Spitzname für mich ist anscheinend von der Band „Boney M“ inspiriert.

„Hallo Mummy“, sagte ich. Ja, ich nenne sie immer noch so. Auf diese Weise blieb meine Kindheit noch so eben greifbar, gerade noch in Reichweite.

„Dunkelblau?“, antwortete sie, wieder flüsternd. Sie flüsterte immer. Wenn sie überhaupt sprach, war es ein Flüstern.

„Heute Morgen“, sagte ich.
„Meins hat mich auch an einem Sonntag verlassen.“

Ich hatte gehofft, sie würde mehr sagen, aber das war so ziemlich das Ende des Gesprächs. Sie würde mich nicht trösten, weil sie wusste, dass ich nicht mit sentimentalem Kram umgehen konnte. Und ich wollte nicht preisgeben, wie viele Farben ich bereits verloren hatte. Es hätte mehr Selbstdisziplin erfordert, als ich in diesem Moment zu haben glaubte. Ich wollte einfach nur mein Versprechen einhalten, ihr Bescheid zu geben, wenn mein Dunkelblau weg war.

„Also, tschüss", sagte ich.

Es gab eine lange Pause.

„Du wirst am Dienstag einen Brief von mir bekommen", waren ihre letzten Worte, bevor wir beide auflegten.

Dienstag: Sams Tag.

Tag 7

Als mein Braun schließlich verschwand, verlor ich meine Fähigkeit, auf den ersten Blick zwischen Schwarzen Menschen, *weißen* Menschen und People of Color zu unterscheiden – was mir potentiell eine ganze Menge neuer Probleme hätte bescheren können.

Von diesem Tag an hörte ich auch auf, in den Spiegel zu schauen. Ich hatte zu große Angst davor, das „neue" Ich zu sehen. Um mich abzulenken, summte ich beim Anziehen vor mich hin und hielt meine Augen geschlossen, wenn ich meine Handschuhe und Socken wechselte. Und ich wusste immer noch nicht, was ich wegen Herrn Welker machen sollte.

Ich rief Frau Bahir nach dem Frühstück an. Meine Aufgaben in der Produktion ihrer Fotoausstellung hatte ich so weit erledigt; ich wollte nur von ihr wissen, ob der Termin, zu dem ich die Dateien in den Druck schicken sollte, ein wenig nach hinten verschoben werden konnte. Ich wusste instinktiv, dass es katastrophal wäre, wenn Herr Welker herausfinden würde, dass ich gearbeitet hatte, obwohl ich ihm abgesagt hatte. Zufälligerweise war er auch der stolze Besitzer des Häuserblocks, in dem sie lebte. Genaugenommen hatte Herr Welker in den letzten fünf Jahren eine stetig wachsende Anzahl von Bergmannkiez-Schätzen in seine Wurstfinger bekommen.

Das Telefon klingelte mehrere Male, aber wie üblich ging sie nicht ran. Das tut sie nie. „Warum hat sie überhaupt ein verdammtes Handy …", murmele ich vor mich hin, als ich auflege und meinen Laptop aufklappe. Aber eigentlich habe ich es mir selbst zuzuschreiben. Sie hat mir mehrere Male gesagt, jedes Mal geduldiger als das Mal zuvor, dass sie nur dann Anrufe entgegennehme, wenn sie ausnahmsweise mal nicht mitten in etwas Kreativem, mitten in einem schmerzhaften Anfall ihrer Sichelzellanämie oder mitten im Tiefschlaf stecke. Ich erinnerte mich wieder und fühlte mich ein wenig schuldig, dass ich nach all dieser Zeit immer noch als Erstes zum Telefon greife. Ich schrieb ihr schnell eine E-Mail und bekam fast umgehend eine Antwort. Obwohl sie Verständnis für meine „persönliche Angelegenheit" hatte – anders als Herr Welker bohrte sie nicht nach weiteren Details – stehe sie selber unter enormem Zeitdruck und könne die Abgabefrist nur dann verlängern, wenn sie in der Druckerei nach einem neuen Zeitfenster fragen würde. Und dann gäbe es natürlich keine Garantie, dass die Bilder rechtzeitig fertig werden würden. Sie entschuldigte sich vielmals in den letzten Zeilen ihrer E-Mail.

„Ich kalkuliere meine Abgabetermine normalerweise nicht so eng", erklärte sie, „aber die Finanzierung kam dieses Mal so spät durch. Es tut mir wirklich sehr leid."

Ich mailte ihr eine beruhigende Antwort: „Keine Sorge. Ich mach das schon. Heute Abend haben Sie die Dateien."

Und die hatte sie dann. Aber das war – wie ich vermutet hatte – ein gewaltiger Fehler.

Tag 8

Hast du jemals eine Orange gegessen,
die nicht orange war?

Wie immer Dienstagmorgens: Sams Tag war schwierig und ich hatte etwas unternehmen wollen, um mich selbst zu verwöhnen. Ich entschied mich für ein Frühstück in einem eindrucksvoll aussehenden Restaurant gleich am Viktoriapark, verlor aber auf Anhieb meinen Appetit, als ich meinen Obstsalat und meinen frisch gepressten Orangensaft bekam. Meine Tage verschmolzen zu einem Kaleidoskop undefinierbarer Grautöne. Ich hatte unterschätzt, was für eine Auswirkung das auf meine Stimmung haben würde – obwohl ich gewarnt worden war – und es wurde zunehmend schwieriger, gegen die drückende Verzweiflung, die sich in mir breitmachte, anzukämpfen. Zum Glück hatte ich es fertig gebracht, all meine Kund_innen am Tag zuvor zu kontaktieren; deshalb musste ich nicht die Energie aufbringen, heute eine Kundenservice-Stimme aufzusetzen. Stattdessen bezahlte ich einfach für mein Essen, obwohl ich es nicht angerührt hatte, und machte mich ohne Kommentar davon.

Ich konzentrierte mich beim Laufen auf den Boden, obwohl es dieses Mal nicht regnete. Die einzige Farbe, dir mir anscheinend noch übrig blieb, war Rosa und momentan war der Anblick tanzender Kindergartenkinder in Barbiepuppen-Ballettröckchen, Rosensträußen in den Armen von strahlenden Verliebten und rosiger Wangen von *weißen* Jogger_innen einfach ein wenig zu viel.

Plötzlich tauchte ein Paar Stiefel vor mir auf und blieb einfach stehen, was mir keine andere Wahl ließ, als auch abrupt zum Stillstand zu kommen. Wie ein Militär. Ich schaute hoch und blickte in das Gesicht eines uniformierten Mannes und erinnerte mich, dass ich ihm bereits irgendwo begegnet war.

„Da isse schon wieder!", lächelte er. Er hatte eine winzige Lücke zwischen seinen beiden oberen Schneidezähnen. Es fiel mir sofort auf, weil ich selbst so gehemmt wegen meiner eigenen krummen Zähne bin. „Allet in Ordnung, junge Dame?" fragte er. Er schien sich zu amüsieren und berlinerte stark. Ja, es war der Polizist von letzter Woche. Ich musterte sein Gesicht gründlich, um zu sehen, ob er sich über mich lustig machte, bevor ich antwortete.

„Ich habe etwas verloren", murmelte ich. Ich wollte, dass er mich einfach in Ruhe ließ, also konzentrierte ich mich wieder auf den Gehweg und versuchte ihm mit einem Schritt zur Seite auszuweichen. Er machte die Bewegung einfach mit.

„Warten se mal …", lächelte er, „vielleicht kann ick Ihnen helfen …?" Ich schaute ein zweites Mal zu ihm hoch, diesmal vollkommen überrascht. Ein Polizist – der mir Hilfe anbietet?

„Nein, ist schon gut", sagte ich hastig und marschierte dann in Höchstgeschwindigkeit davon. Nee, oder?!

Ich schaute in den Briefkasten, bevor ich nach oben in meine Wohnung ging. Er enthielt zwei Umschläge. Einen mit der unverkennbaren Handschrift meiner Mum (manche mögen es Hieroglyphen nennen, aber ich denke das wäre gemein), der andere – ein offiziell aussehender Brief aus dem Büro von Welker & Welker. Persönlich zugestellt. Das konnte nichts Gutes bedeuten.

Tag 9

Eigentlich war Rosa nicht die allerletzte Farbe, die ich verlor.

Aber an dem Tag, als sie verschwand, fühlte es sich so an.

Mittwochmorgen war bedrückend. Ich hatte die ganze Nacht nicht geschlafen, da ich über den Inhalt beider Briefe nachgedacht hatte. Der von den Welker & Welker-Arschlöchern lag immer noch auf meinem Schreibtisch. Ich hatte Herrn Welker letzte Woche gesagt, dass ich ihn heute anrufen würde. Jetzt, da ich diesen Räumungsbescheid erhalten hatte, war ich nicht mal mehr sicher, ob er überhaupt damit rechnete, noch von mir zu hören. Und hätte ich nicht in den tiefsten Tiefen meiner Festplatte gewusst, dass er mich mehr brauchte als ich ihn – ich denke, ich hätte nie wieder mit ihm gesprochen.

Der Brief meiner Mum ruhte auf meiner Brust; meine linke Hand hielt ihn immer noch fest.

„Diese Frau!", dachte ich und lächelte wieder in mich hinein. Immer gut für eine Überraschung! Es war schwierig für mich, wirklich glücklich über die Neuigkeiten meiner Mum zu sein, ohne mich mit der Angst, die ich vor meiner möglichen Obdachlosigkeit hatte, auseinanderzusetzen. Also beschloss ich gegen Mittag, dass ich bereit war, mich dem Showdown mit Herrn Welker zu stellen. Ich wusste, dass meine einzige Chance darin bestand, ihn unvorbereitet zu treffen.

„Herr Welker", sagte ich unvermittelt, sobald er ans Telefon ging. Es klang mehr wie ein Befehl, als eine Begrüßung. Er hatte etwas erwidern wollen, aber ich ignorierte ihn.

„Ich muss schon sagen“, fuhr ich fort, über ihn hinwegredend, „ich war ziemlich schockiert gestern diesen Brief von Ihnen zu erhalten – stecken Sie in finanziellen Schwierigkeiten?“

Für den Bruchteil einer Sekunde war er sprachlos. „Ich meine, in Ihrem Brief an mich steht, dass Sie meine Wohnung wegen ‚Eigenbedarf‘ brauchen. Was heißt das? Werden Sie selbst einziehen, oder wollen Sie, dass eines Ihrer Kinder sie bekommt?“ Ich wusste ganz genau, dass keins von beidem zutreffend war.

„Und wenn es so wäre?“, wetterte er, nachdem er endlich seine Worte wiedergefunden hatte. „Was würde Sie das angehen?!“

„Möglicherweise kann ich Ihnen helfen“, antwortete ich. „Das heißt, wenn Sie etwas Geld leihen müssten. Wenn Sie aber wieder Stress mit Ihrer Frau haben, dann sind Sie auf sich gestellt …“ Das machte ihn stinksauer.

„Hören Sie zu, Boney –“, begann er.

„Mein Name ist Frau Mensah“, unterbrach ich ihn. „Und ich möchte dass *Sie mir* zuhören! Ich hatte Ihnen gesagt, dass ich Sie heute anrufen würde, um den Grunewaldauftrag zu besprechen. Erwarten Sie ernsthaft, dass ich Ihnen ein qualitativ hochwertiges Konzept liefere, nachdem Ihr Büro mir einen Räumungsbescheid zugestellt hat?!“

„Und glauben Sie *ernsthaft*, dass ich Ihnen *vertrauen* kann, wenn Sie mir sagen, dass Sie sich von der Arbeit freinehmen …“

Ich unterbrach ihn ein drittes und letztes Mal.

„Herr Welker!", herrschte ich ihn an. „Ich habe keine Zeit für Spielchen. Ich möchte dieses Projekt zum Erfolg führen. Ich gehe davon aus, dass Sie meine Präsentation sehen wollen. Ich werde nächste Woche Montag um 10 Uhr in Ihrem Büro sein. Als Gegenleistung werde ich, bis spätestens Freitag, ein Schreiben von Ihnen bekommen, dass der Räumungsbescheid ein Irrtum war. Ich bin froh, dass wir uns einigen konnten. Auf Wiederhören!"

Ich legte auf.

Mein Herz klopfte bis zum Hals und ich konnte selbst nicht glauben, wie ich mit ihm gesprochen hatte. In der Not ist der Teufel die Mutter der Porzellankiste – oder so ähnlich. Offensichtlich war ich tatsächlich eine viel bessere Lügnerin, als ich bisher angenommen hatte.

Tag 10

Bis zu dem Donnerstagmorgen hatte ich Gold noch nie so häufig gesehen.

Manchmal, wenn eine *weiße* Person sprach, schimmerte eine Zahnfüllung aus dem vielfach schattierten Grau, an das sich meine Augen inzwischen gewöhnt hatten. Doch abgesehen davon, wenn ich nicht gerade zufällig an einem Juweliergeschäft vorüberlief, oder einen Stolperstein zu Gesicht bekam, eingebettet zwischen Betonplatten und einer schuldgeplagten Erinnerungskultur, konnte es durchaus vorkommen, dass es mir tagelang überhaupt nicht auffiel. An diesem Donnerstagmorgen bemerkte ich, dass der Rahmen um Sams Bild nicht mehr so golden glänzte, wie er es sollte. Ich polierte ihn kräftig mit einem Lappen, da ich ihn ohnehin eine Weile nicht mehr entstaubt hatte, aber die Farbe veränderte sich nicht. Das Bild hing in meinem Flur. Ich muss zwanzig Mal am Tag daran vorbeigelaufen sein, aber erst, als meine letzte Farbe mich verließ, wurde mir bewusst, wie sehr ich sie vermisste. Typisch.

Ich brachte den (grauen) Lappen in meine (graue) Küche zurück, nahm dann meinen (grauen) Tee und nippte daran, während ich in mein (graues) Zimmer zurücklief. Trotz der Handschuhe waren meine Hände kalt, daher fühlte es sich gut an, sie an der Tasse zu wärmen. Wieder an meinem Schreibtisch angelangt, konzentrierte ich mich nochmal auf die endlosen Zeilen HTML-Code, die meinen Bildschirm zierten. Ich unterdrückte ein Gähnen und blinzelte angestrengt, wobei ich meinen Kopf noch näher zum Monitor neigte. Obwohl ich todmüde war, fühlte ich mich auch sehr optimistisch, man könnte sogar sagen, ein wenig euphorisch. Dem Brief meiner Mum zufolge würde der Verlust meiner Fähigkeit, Farben durch die Sehkraft zu erfassen (sie nannte das Monosinn), mit der Zeit durch die Fähigkeit, Farbe körperlich zu erleben, ersetzt werden (eine Gabe, die sie Polysinn nannte). Ich hatte den Brief immer und immer wieder gelesen, bis etwa 22 Uhr gestern Abend. Er enthielt keinen Hinweis darauf, wann genau meine Farben zurückkehren würden, oder was genau sie mit „körperlich“ meinte. Er beinhaltete nur eine Liste mit verschiedenen Vorsichtsmaßnahmen, die ich treffen musste, und eine rätselhafte Botschaft über Sam. Als ich den letzten Absatz des Briefes noch einmal las, wurde mir klar, dass ich in der Zwischenzeit trotzdem noch eine andere Lösung für meine Farbkrise brauchen würde. Meine Augen ruhten auf dem Logo im Briefkopf, welches ich für meine Mum entworfen hatte. Und dann schaute ich auf einmal nach oben – mein Aha-Erlebnis war endlich eingetroffen. Während meiner gesamten Karriere als Grafikdesignerin hatte ich mit Printmedien gearbeitet, somit wusste ich, wie man Farben *numerisch* in Photoshop mischte …

Bis spät in die Nacht experimentierte ich mit Codes von alten Projekten, um etwas Neues zu entwerfen. Als es jedoch 3 Uhr morgens wurde, wusste ich, dass ich, wenn ich Welker wirklich beeindrucken wollte, etwas weitaus Dynamischeres produzieren müsste (ich hatte seit unserem Telefonat nichts mehr von ihm gehört, aber ich war sicher, dass er zu neugierig sein würde, um meine Präsentation am Ende nicht doch sehen zu wollen). Ich rieb mir die Augen und tippte „HTML Video-Tutorial“ in meine Suchmaschine. Obwohl ich noch nie online gearbeitet hatte, beschloss ich an dieser Stelle mit einem Marathon-Crashkurs für Selbstlerner_innen zu beginnen, der zu der besten Präsentation führen sollte, die ich je zustande gebracht hatte.

Tag 11

Manche Menschen wissen wie es geht.

Sie können einen Moment wie einen Schmetterling einfangen; eine gekonnte Kombination aus schnell und sanft. Sie halten diesen Moment möglicherweise für zwei oder drei ganze Minuten fest – oder vielleicht nur für ein paar Sekunden. Aber jede einzelne Zeiteinheit ist so kostbar, so zerbrechlich und so kraftvoll wie ein Herzschlag. Das Flattern der Flügel gegen ihre Finger erinnert sie daran, dass sie bald loslassen müssen. Aber wie lang „bald" ist, hängt von einem Zusammenspiel so vieler Dinge ab … Manche Menschen wissen solche Dinge gut einzuschätzen und können den Moment genau im richtigen Augenblick loslassen und ihm dann beim davonfliegen zusehen, unversehrt, den Duft einer zarten Erinnerung zurücklassend, ein kaum hörbarer Abdruck auf der Handfläche des_der Haltenden …

Und dann gibt es solche, für die die Beschreibung „hoffnungslos unfähig" ein großes Kompliment wäre. Ich gehöre definitiv zu der zweiten Gruppe. Und um die Sache noch schlimmer zu machen, war ich bis Freitagmorgen 72 Stunden ununterbrochen wach gewesen – ich komme mit Schlafentzug nicht gut klar.

Passiert war Folgendes. Ich hatte gute Fortschritte mit meinem HTML-Crashkurs gemacht und beschlossen, mir eine wohlverdiente Pause zu gönnen. Ich verließ meine Wohnung lediglich mit meinem Schlüssel und ein bisschen Kleingeld und ging los Richtung Markthalle. Ich hoffte, etwas Inspirierendes in dem kleinen Buchladen zu finden, oder falls nicht, dass ich wenigstens für ein paar Minuten die klassische Livemusik genießen könnte, wenn ich das Glück hatte, den talentierten *weißen* Pianisten dort anzutreffen. Ich wohnte hier noch nicht so lange, aber in nur wenigen Jahren hatte sich die Gegend von einem vernachlässigten und deprimierenden Viertel mit zwei schmuddeligen Supermärkten und einem Drogenproblem gewandelt zu einer Gegend mit blinkenden Schildern, die Autofahrer_innen ermahnten, bitte an die lieben Kinder zu denken, Geschäften, die Designerartikel für den Balkon verkauften; und englischsprachigen *weißen* Anwohner_innen, die vorhatten ihre eigenen Kindergärten zu eröffnen. Es hatte etwas gedauert, bis mir klar wurde, dass ich zu den Leuten gehörte, die Druck ausübten: hoch mit den Mietpreisen und raus mit den Alteingesessenen, die hier ihr ganzes Leben gelebt hatten. Ich winkte der Frau in der Bäckerei durchs Fenster zu und war froh, dass einige von uns immer noch ihren Laden unterstützten, obwohl ihr Milchkaffee nicht so Hipster war, wie der Latte Macchiato, den es in der Bergmannstraße gab.

Ich ging um die Ecke und, als wäre es Zauberei, da war er wieder. Dieser Polizist. Ich erkannte ihn dieses Mal sofort, weil er einen ganz bestimmten Gang hatte. So als wäre er dankbar, überhaupt laufen zu können. Genaugenommen, wenn ich ein Wort wählen müsste, um seine Körpersprache zu beschreiben, dann wäre es: Dankbarkeit. Das faszinierte mich wirklich sehr. Ich starrte ihn eine ganze Weile an, während ich auf ihn zulief – er war vertieft in ein Gespräch mit seinem *weißen* Kollegen. Ich konnte erkennen, dass der Kollege *weiß* war, weil sein Gang insgesamt kräftiger und autoritärer war. Er platzierte seine Füße fest auf den Boden und jeder Schritt brachte die seit Generationen empfundene Selbstverständlichkeit von Recht und Besitz zum Ausdruck.

Da war das Bruchstück eines Moments, wirklich, es war dünn wie Papier, als ich an „meinem“ Polizisten vorbeiging und seine Aura in mich aufnahm. Ich glaube, er spürte es auch. Wir waren da und dann auf einmal waren wir fünf Schritte voneinander entfernt. Es ging zu schnell vorbei, also wendete ich den Kopf, um ein zweites Mal nachzusehen. Es war mir nicht in den Sinn gekommen, dass er dasselbe tun würde. Ich war verlegen und drehte mich hastig um, als ob ich dadurch auch gleichzeitig die Zeit zurückdrehen könnte. Und dann geschah es.

Ja.

Ich tat es.

Ich lief geradewegs gegen einen Laternenmast.

…

Wenn sich der Erdboden doch hätte öffnen können, um mich zu verschlingen …

Tag 12

Es kitzelte.

Das war meine erste Empfindung, als ich am Samstagmorgen aufwachte. Es kitzelte in meinem ganzen Gesicht, aber besonders an meiner Nase, und es gefiel mir – es brachte mich zum Kichern. Genau wie meine Mum geschrieben hatte. Mein Gelb war zurück! Gestern Nacht war ich in meinen Klamotten eingeschlafen, auf meiner Bettdecke liegend, aber ich hatte die Voraussicht gehabt, die Gardinen zuzuziehen; somit war das Sonnenlicht, das durch das gelbe Gewebe schien, das erste, was ich sah, als ich meine Augen öffnete.

Mit dem Geschmack von geschmolzener Butter in meinem Mund und einem Hauch von Zitronengras, der mich begleitete, tanzte ich praktisch ins Bad. Seit letzter Woche Montag hing nun ein Poster von Jackie Brown dort, wo der Spiegel gewesen war. Sie war ohnehin in schwarzweiß – doch das Filmlogo hatte ursprünglich gelb geleuchtet, wie die Sonne in einer von Sams alten Zeichnungen. Jetzt, als ich Jackie mit der üblichen Schwarzen Begrüßung entgegentrat, konnte ich fühlen, wie die Wärme der gelben Buchstaben von dem Poster in das ansonsten kühle Badezimmer strahlte. Ich stellte die Heizung höher, ließ heißes Wasser in die Badewanne ein und holte meine Gummiente aus dem untersten Teil meines Wäschekorbs hervor. Ich hatte sie an dem Tag, als mir endlich klarwurde, dass meine Farben angefangen hatten mich zu verlassen, in ihren Textilkerker verfrachtet: Das alberne Grinsen der Ente hatte mich dazu gebracht, sie anzünden zu wollen. Jetzt, wo ich Quacky in meiner linken Hand hielt und mit meiner rechten Badeschaum in das fließende Wasser spritzte, verspürte ich wieder den Drang zu lachen. „Vielleicht“, dachte ich vor mich hin, „ist das der Grund, warum die Menschen in meinem Kiez nicht so oft lächeln. Vielleicht haben sie nicht genug Gelb in ihrem Leben …“

Meine Sonnenbrille lag natürlich immer noch auf dem Badewannenrand. Wie mittlerweile üblich, setzte ich sie auf, bevor ich mich auszog. Obwohl ich wusste, dass ich bald im vollen Besitz von Polysinn sein würde, war ich immer noch nicht stark genug, meine eigene nackte farblose Haut ohne sie anzusehen. Während ich genussvoll unter den Schaumblasen versank, fühlte ich mich erleichtert und ermutigt. Ich tupfte mein Gesicht ab und zuckte jedes Mal, wenn ich die Beule an meiner Stirn berührte, zusammen. Die Delle dort war nicht annähernd so groß wie die an meinem Ego – dennoch schmerzte sie sehr. Ohne es zu wollen, wurden meine Gedanken, die zu dem Polizisten gewandert waren, prompt leicht unanständig, ungeachtet der Tatsache, dass ich von einem sehr frühen Alter an gelernt hatte, dass Sex niemals für mich funktionieren würde. Es war offensichtlich unnötig und wahrscheinlich höchst unangenehm, wie ich später schlussfolgerte. Von dem bisschen, was ich in letzter Zeit in Film und Fernsehen gesehen hatte, sah es würdelos und schmerzhaft aus, unabhängig von der Zusammensetzung der Geschlechter oder der Anzahl der Individuen, die beteiligt waren. Ich brauchte ein paar Anläufe, aber ich dachte erfolgreich die erotischen Bilder weg, bevor ich aus der Badewanne stieg und mich anzog.

Ich war so überglücklich über die Rückkehr meines Gelbs, dass ich hastig meine Jacke, Mütze und Stiefel anzog und die Wohnung verließ, um zu sehen, was ich sonst noch empfinden konnte. Ich hüpfte praktisch

die Treppe hinunter und steuerte auf die Haustür zu, hielt kurz im Flur an, mehr aus Gewohnheit als sonst irgendwas, um gedankenverloren in meinen Briefkasten zu schauen. Ich hatte nicht damit gerechnet, dass er leer sein würde. Aber er war es. Das Ultimatum, dass ich Herrn Welker gestellt hatte, hatte offensichtlich nicht funktioniert: der Brief war nicht da.

Tag 13

Es juckte.

Nur ein wenig. Eigentlich hauptsächlich auf der linken Seite meines Körpers. Aber ich war vorbereitet. Gähnend öffnete ich eine der vielen Hautcremetuben, die ich nun immer in meinem Rucksack trug und nahm mir die Zeit etwas auf die am meisten betroffenen Stellen aufzutragen: die Rückseite meiner Schulter, das Innere meines Ellbogens, meine Rippen, mein Schienbein, die Achillessehne und meine mittlere Zehe. Ich kaute nervös an meiner Unterlippe und tappte mit meinem rechten Fuß auf den Boden, während ich mich selbst massierte. Ich war nicht sicher, ob das Gefühl der Verzweiflung, dass sich in meiner Magengegend breitmachte, davon kam, weil mein Hellblau zu mir zurückkehrte, oder ob es an der Erkenntnis lag, dass ich tatsächlich mein Zuhause verlieren würde: das einzige Zuhause, das ich hatte, seitdem ich das meiner Mutter verlassen musste; der Ort, an dem ich Sam zur Welt gebracht hatte; die Wände, die mir Halt gaben.

Das Jucken begann Punkt 4:30 Uhr morgens. Gegen 10 Uhr war es qualvoll intensiv an meinem ganzen Körper zu spüren und dort, wo ich meine Haut aufgeschürft hatte, weil ich so fest gekratzt hatte, fing es an zu brennen. Meiner Mum zufolge würden die Symptome nur während der ersten paar Stunden, in welchen die Farben zurückkehrten, so heftig sein. Ich hoffte mit all meiner mir noch verbliebenen Konzentration, dass sich das als wahr erweisen würde. Ich konnte mich nicht einmal durch essen ablenken, aufgrund des gefrorenen, metallischen Geschmacks in meinem Mund. Ich wäre ja spazieren gegangen, aber es hatte in der Nacht geschneit und obwohl es draußen idyllisch aussah, waren die Temperaturen unter null. Der Gedanke daran die Hauptstraße entlang zu schlittern und Dinge anzusehen, die ich mir nicht mehr leisten konnte, in Geschäften, die ich nicht mehr frequentierte, geführt von Leuten, die ich nicht mehr respektierte, reizte mich kein bisschen.

Ich war verzweifelt. Die Webseitenpräsentation, an der ich gearbeitet hatte, seitdem ich Herrn Welker das Ultimatum gestellt hatte, war fast fertig – aber mittlerweile völlig überflüssig. Die übrigen Aufträge, die ich noch hatte, würden mich nur bis Ende Januar über Wasser halten. Und selbst dann würde ich herausfinden müssen, wie ich mit Polysinn arbeiten könnte – wenn es mich nicht vorher umbringen würde. Und all das, während ich gleichzeitig eine neue Unterkunft finden musste und möglicherweise sogar eine neue Karriere.

Je angestrengter ich versuchte mein Leben in den Griff zu bekommen, desto weniger Sinn machte alles und desto mehr verlor ich die Kontrolle. Ich fühlte mich, als würde ich in Treibsand feststecken und rasant einsinken. Er hatte bereits meine Taille erreicht und so griff ich, in einem Akt der Verzweiflung, um mich selbst zu retten, nach meinem Laptop. Ich wollte alles löschen, denn wenigstens würde ich dann Kontrolle über die Situation ergreifen – doch in diesem Moment klingelte es an der Tür. Der Schreck reichte, um mich dazu zu bewegen innezuhalten. Abgesehen von Leuten, die Werbung austrugen, oder gelegentlich Kindern, die Streiche spielten, klingelte nie jemand an meiner Tür. Und heute war Sonntag – keines von beidem schien mir wahrscheinlich.

Ich zögerte, doch betätigte schließlich den Knopf der Gegensprechanlage.

„Hallo?“ Ich zuckte zusammen, während ich sprach und vergewisserte mich nochmal, dass meine Haut nicht tatsächlich in Flammen stand.
„Frau Mensah?“

Ich erkannte sofort seinen wunderschönen Akzent wieder, aber mir fiel nichts anderes ein zu sagen als „Wer ist da?“

„Hier ist Polizeibeamter Hussein“, antwortete er.

Tag 14

Es schmerzte.

Ich hätte nicht verwundert sein sollen. In dem Brief, den meine Mum mir geschrieben hatte, hatte sie ziemlich klar geäußert, dass dies die Farbwiedererlangung war, die ihr am meisten Angst gemacht hatte. Ich hatte stechende Schmerzen und das Gefühl, am ganzen Körper zu bluten, aber glücklicherweise konnte ich weder Wunden noch Blut sehen.

Wie immer hatten die Symptome zu früher Stunde begonnen und waren relativ schwach. Beim Aufwachen fühlte es sich so an, als habe ein winziger Kratzer dazu geführt, dass sich ein Tropfen Blut direkt über meiner rechten Augenbraue bildete. Ich wischte ihn mit der Spitze meines kleinen Fingers ab und war verwundert, dass, als ich meinen Handschuh ansah, nicht einmal der kleinste Fleck darauf zu finden war. Während der gestrige Morgen wegen des Dufts von Pfefferminze und Nebel in meiner Nase unangenehm, jedoch erträglich gewesen war, roch der heutige Tag ausschließlich nach Gefahr. Meine Mum hatte Schmerzmittel für die Rückkehr meines Rots empfohlen, doch weil ich wusste, dass mir auch etwas übel und ziemlich schwindelig sein würde, trug ich zusätzlich Reisetabletten bei mir.

Jetzt war es kurz nach 10 Uhr und ich saß am Empfang vor Herrn Welkers Büro. Ich schloss meine Augen und versuchte meinen Atem zu beruhigen. Herr Welker hatte immer Blumen in seinem Büro und sehr häufig eine große Obstschale auf dem Beistelltisch, demnach war das Potential für Rot bereits gewaltig. Doch um das noch zu toppen wusste ich, dass an der Wand hinter seinem Schreibtisch ein großes Bild hing – es gilt wohl als „moderne Kunst“ – welches komplett aus

Schattierungen von Rot zusammengesetzt war. Das würde mit Sicherheit schmerzhaft werden.

Interessanterweise war meine Aufmerksamkeit jedoch nicht so sehr darauf gerichtet. Ich kann mit Schmerzen umgehen. Ich war nicht einmal sonderlich besorgt über die Präsentation, die ich halten würde. Herr Welker war mehr als überrascht gewesen, als ich ihn um 9 Uhr angerufen hatte, um ihn zu bitten, rechtzeitig vor unserer Besprechung einen Beamer bereitzustellen. Ich hatte mich im Voraus dafür bedankt, dass er mir den Brief geschickt hatte, in dem er den Räumungsbescheid zurückzog (natürlich hatte er ihn *nicht* zurückgezogen, aber dank meiner Fertigkeiten als Grafikdesignerin hatte ich jetzt einen offiziellen Brief mit einer sehr authentisch aussehenden Unterschrift, für den Fall, dass irgendeine amtlich aussehende Person, die an meiner Tür klopfte, einen Beweis verlangen würde) und ich redete ohne Punkt und Komma darüber, wie sehr er meine Präsentation lieben würde – bis er letztendlich stammelte:

„Okay, ich habe bereits eine Besprechung um 10 Uhr. Aber kommen Sie trotzdem. Sehen wir mal, was Sie haben …“

Nein. Ich war nervös, aber aus dem Grund, dass meine Gedanken immer wieder zurück zu der kurzen Begegnung mit Hussein gestern drifteten. Ich sprach die ganze Zeit über die Gegensprechanlage mit ihm und versuchte mein Bestes ihn auf Distanz zu halten. Ich hatte ihn sogar angelogen. Anscheinend hatte er mich ausfindig gemacht, um sicherzustellen, dass es mir gut ging, nachdem ich gegen den

Laternenmast gelaufen war. Darauf war ich absolut nicht vorbereitet. Ich sagte ihm, dass ich nicht wüsste, wovon er redete, dass ich die Wohnung nur zur Untermiete hätte, dass ich Frau Mensah kein einziges Mal getroffen hätte. Er gab nach einer halben Minute auf und ging davon. Aber irgendwie, trotz allem, war er jetzt immer noch bei mir …

„Frau Mensah?"

Ich öffnete meine Augen und blickte auf. Eine *weiße* Frau, von der ich annehme, dass sie Herr Welkers Sekretärin war, winkte mich zu dem Büro herüber: „Herr Welker wird Sie nun empfangen."

Tag 15

Es dröhnte.

Und außerdem war da dieses unheimliche Piepen. Ich konnte auch Flüstern hören, aber es war das permanente Piepen, das meine Träume durchdrang und mich letztendlich weckte. Als ich anfangs meine Augen öffnete, war alles verschwommen, undefiniert und extrem weiß. Und zwar blendend weiß. Mein erster bewusster Gedanke war, dass ich gestorben und in den Himmel gekommen war: *Alhamdulillah*! Aber da es dröhnte (und ich nehme an im Himmel gibt es kein Dröhnen), kam ich zu der Überzeugung, dass ich wahrscheinlich noch am Leben war. Daraufhin versuchte ich mich, während ich still dalag, zu orientieren. Es klappte nicht; also überlegte ich, dass ich versuchen sollte mich aufzusetzen. Sobald ich meinen Kopf anhob, reagierte eine der Wer-Auch-Immer-Leute in dem Raum, indem sie auf mich zuging. Ich konnte die Person nicht deutlich sehen und, obwohl ich sie sehr gut hören konnte, war es unmöglich, mich mit ihr zu verständigen; meine Lippen fühlten sich geschwollen an, meine Zunge träge.

„Keine Sorge", sagte sie sanft. „Sie sind in guten Händen …"

Die Person sagte noch mehr und aufgrund der Tatsache, dass ihre Stimme immer wieder aus verschiedenen Ecken im Raum kam, schien es so, als bewegte sie sich um mich herum, während sie sprach. Aber da ich die ganze Zeit über versucht hatte eine Frage aus meinem Mund herauszubekommen, während sie erklärte und sich bewegte, entging mir eine ganze Menge von dem, was sie gesagt hatte.

„Wo bin ich?", lallte ich endlich.

Als sie mir sagte, dass ich im Krankenhaus sei, sprach sie langsam, jede einzelne Silbe artikulierend, als spreche sie mit einem Kind, dass ein Diktat schrieb. Ich realisierte, dass sie mir das Gleiche zwei Sätze vorher schon mal gesagt hatte.

„Sie sind gestern Morgen umgefallen", fuhr sie fort. „Sie sind von Ihrem Manager hergebracht worden und seitdem hier."

„Wo bin ich?", wiederholte ich. Ich schämte mich sofort und wünschte, ich könnte die Worte zurückholen, die ja ohne meine Erlaubnis herausgerutscht waren.

Die Person – ich konnte sie immer noch nicht deutlich erkennen, aber sie zeigte mir gegenüber unendliche Geduld – hatte ein Lächeln in ihrer Stimme, als sie wieder sprach. „Ich werde Sie erstmal ausruhen lassen", sagte sie. „Wir können später noch reden ..."

Mit einem Mal hatte ich schreckliche Angst und fing an zu hyperventilieren – ich wollte nicht, dass sie ging. Eine Flut an Fragen begann meinen Kopf zu überschwermmen; jedes noch so bruchstückhafte Begehren um Antwort klang lauter und angsterfüllter, als das Vorrangehende. Niemand in meiner Familie war je zuvor im Krankenhaus gewesen. In der Tat glaube ich, dass in der gesamten Geschichte der *Ejis* nur eine Handvoll von uns überhaupt je ärztliche Hilfe in Anspruch genommen hatte. Ich konnte hier nicht bleiben. Ich *musste* hier weg.

„Nein!", stieß ich aus.

Ruhige-Person reagierte, indem sie meinen Arm streichelte. „Keine Sorge“, wiederholte sie. „Sie sind in guten Händen.“

Und dann intensivierte sich das Dröhnen. Ich realisierte später, dass der *weiße* Arzt, der in diesem Moment an mich herangetreten war, einen grünen OP-Kittel angehabt hatte. Ich war überwältigt von der Grünheit der Situation – ich hörte und sah nichts. Aber wie ich riechen konnte: dieses Mal war es der Geruch von frisch gemähtem Gras vermischt mit dem Duft von gerösteten Kürbiskernen und außerdem einer kräftigen Dosis Schimmel. Ich wurde ohnmächtig.

Es war gegen 23 Uhr, als ich wieder zu mir kam. Dieses Mal war meine Sicht kristallklar und die Schwellung in meinem Mund war beinahe komplett abgeklungen. Ich blinzelte heftig. Einige Augenblicke später erinnerte ich mich an die Frau, mit der ich gesprochen hatte. Und das Piepen. Und das Verschwinden des Himmels. Und dann erinnerte ich mich, dass heute Dienstag war: Sams Tag. Seit fünfzig Dienstagen hatte ich es an keinem einzigen Morgen versäumt, mir einige Minuten Zeit zu nehmen, um mich an den exakten Moment zu erinnern, an dem sie mich verließ.

Heute hatte ich den Einundfünfzigsten verpasst.

Tag 16

Es kribbelte.

An meinem rechten Ohr und die rechte Seite meines Gesichts hinab. Ich presste das Telefon so fest ich konnte an mein Ohr. Ich hatte immer noch nicht meine Haut gesehen, obwohl ich meine weißen Handschuhe nicht mehr anhatte (als ich fragte wo sie waren, wusste niemand in der Klinik, wovon ich sprach), deshalb schloss ich immer noch meine Augen, sobald die Möglichkeit bestand, dass ich meine Handgelenke oder Hände zu Gesicht bekommen könnte. Die Ärmel an meinem Krankenhaushemd waren nicht lang genug, um sie zu bedecken. Doch die Wiederkehr von Dunkelblau war ansonsten unspektakulär, denn abgesehen von meinem Handy und den vier Adventskerzen kam diese Farbe in meinem Krankenhauszimmer sonst nicht vor. Das Telefon klingelte genau einmal bevor meine Mum den Anruf entgegennahm.

„Charlie?“, flüsterte sie. „Geht´s dir gut?“

„Ja Mummy“, antwortete ich. Ich hatte gewusst, dass sie beunruhigt sein würde, weil es völlig untypisch war, dass ich so schnell wieder mit ihr reden wollte. Wir hatten uns beide an unsere Kultur des spärlichen Kontakts gewöhnt.

Jetzt echauffierte sie sich. Genauer gesagt machte sie einen langgezogenen Ton, indem sie durch ihre zusammengebissenen Zähne die Luft scharf einsog, während sie gleichzeitig ihre Wangen zusammenpresste; ein Ton, der etwas zwischen Frust und Verzweiflung ausdrückte. Nur meine Mum kann dieses Geräusch machen und sie tut es nur dann, wenn sie weiß, dass ich lüge, um etwas zu vertuschen.

„Was ist passiert?“, wenn sie wütend war, war es unerheblich, dass sie dabei niemals schrie. Der drohende Ton in ihrem Flüstern war laut genug.

„Seit gestern… ich bin im Krankenhaus …“

„Was?!“, fuhr sie dazwischen. Etwas Unverständliches folgte in einer Sprache, die ich einst fließend sprach. Ich zuckte zusammen und hielt das Telefon etwas weiter weg von meinem Ohr.

„Sie haben mir gesagt“, fuhr ich fort, als sie aufgehört hatte draufloszuschimpfen, „dass ich ohnmächtig geworden bin.“

„Welche Farbwiedererlangung war es?“

„Rot.“

Es herrschte kurz Stille. Und dann, offensichtlich nachdem sie sich die Zeit genommen hatte sich zu sammeln, sprach meine Mum weiter. „Hast du nicht die Medizin genommen, die ich dir geschickt habe?“

„Hab ich, hab ich!“, gab ich zurück, etwas zu defensiv. „Ich habe drei Dosierungen genommen…und Tomatensaft getrunken, genau wie du gesagt hast. Ich habe sogar zusätzlich ein paar Reisetabletten genommen…“

„WAS?!“

Sofort wurde mir klar, dass ich etwas sehr Dummes getan hatte.

„Ich habe ein paar Reisetabletten genommen…“, wiederholte ich verunsichert…„ich wusste, dass mir schlecht werden würde, wegen des Blutes…“

„Ah! CHAR-LEE! *Why oh?* Hast du meinen Brief nicht gelesen? Lies ihn nochmal! Habe ich nicht geschrieben, dass du absolut *gar keine andere* Medizin nehmen darfst?!"

Zugegebenermaßen, seit dem ersten Tag, als ich den Brief stündlich gelesen hatte, hatte ich ihn an den darauffolgenden Tagen nur hier und da überflogen. Es ist sehr gut möglich, dass ich wesentliche Punkte der Ratschläge, die sie mir gegeben hatte übersehen hatte.

„Tut mir leid, Mummy", war das Beste, was ich herausbekommen konnte.

„Wie oft soll ich dir das noch sagen!", begann sie und dann folgten die Worte, die sie so oft während meiner Kindheit wiederholt hatte: „Wir-Soll-En-Von-Nie-Man-Dem-Ab-Hän-Gig-Sein!" Jede Silbe wurde betont, indem sie dabei mit der Faust gegen etwas Hartes schlug. Wahrscheinlich ihren Beistelltisch.

„Tut mir leid, Mummy."

„Haben sie dich operiert oder dich untersucht? Haben sie irgendwelche Tests durchgeführt?" Sie klang ernsthaft besorgt.

„Nein, natürlich nicht, Mummy!", sagte ich, beinahe schreiend. Aber in Wahrheit, wusste ich nicht wirklich, ob sie es getan hatten oder nicht.

„Du musst diesen Ort so schnell wie möglich verlassen, okay?"

„Ja, Mummy."

„Heute noch!"

„Ja, Mummy."
„Und lies den Brief gründlich!"
„Ja, Mummy."

Die Verbindung war weg und ich allein. Oder ich dachte, dass ich es wäre. Als ich aufschaute, wartete Herr Welker ungeduldig an der Tür. Er betrachtete mich eine gefühlte halbe Ewigkeit lang, bevor er sprach.

„Wie geht es Ihnen?", krächzte er. Das erforderte der Anstand.
„Ganz gut", antwortete ich nervös. „Es ist zwar nett, aber sie hätten nicht kommen brauchen ..." – damit meinte ich: „Sie sind der letzte Mensch auf Erden, den ich jetzt sehen will..." Aber vielleicht stimmte das nicht ganz.

„Ich habe hier heute Morgen auch persönliche Angelegenheiten zu erledigen", unterbrach er. Was ich als „Komm' bloß nicht auf komische Gedanken. So wichtig bist du nun auch nicht" übersetzte. Was mir bestätigte, dass ich es sehr wohl war.

„Ihre Präsentation war nicht schlecht", fuhr er nach einer Weile fort, wobei er sich, so gut er konnte, bemühte, beiläufig zu klingen. (Meine Präsentation! – Ich konnte mich überhaupt kein bisschen daran erinnern). „Die Farbkombinationen waren ziemlich gewagt. Aber ich denke, Sie hatten ein paar Ideen, die der Kunde mögen wird. Ich hoffe, Sie haben Zeit ihn mit mir am Freitag zu treffen?"

Ich denke die Frage war rhetorisch gemeint.

Tag 17

Es brannte.

Ich ignorierte es. Meine Aufmerksamkeit galt den wunderschönen Kunstwerken in Frau Bahirs Ausstellung „komm – UNITY!“ und ich musste mich nicht sonderlich bemühen, sie darauf gerichtet zu halten. Sie hatte offensichtlich unzählige Stunden damit verbracht, für die ausgestellten Schwarz-Weiß-Fotos hölzerne Rahmen sorgsam mit ornamentalen Schnitzereien zu versehen und zusammenzubauen und dann jeden einzelnen in akribischer und atemberaubender Feinarbeit liebevoll per Hand zu bemalen. Außerdem verwendete sie den kleinsten Pinsel, den sie besaß, um feinste Details der Bilder hervorzuheben, wofür sie jedes Mal dieselbe Farbe, die sie für den dazugehörigen Rahmen verwendet hatte, wählte. Ich lächelte angesichts der Bilder, die mit Gelb verziert waren, ungeachtet der Tatsache, dass die Szenen Leute, die offenbar einsam waren, darstellten: ein älterer *weißer* Mann, der auf dem Boden vor einem Restaurant liegt, umgeben von all seinen irdischen Gütern; eine junge hochschwangere Frau, die am Ende einer Schlange im Supermarkt steht; ein behindertes Kind, welches allein in der Ecke eines belebten Abenteuerspielplatzes sitzt. Mein Braun war noch nicht zu mir zurückgekehrt, aber ich erkannte einige der Leute wieder, die in meiner Nachbarschaft lebten. Während ich an dem Projekt gearbeitet hatte, war mir vorher nicht aufgefallen, wie wunderschön die Menschen oder aber wie gut komponiert die Bilder waren. Mit Monosinn war es einfach nur ein weiterer Auftrag gewesen. Mit Polysinn hatte ich nun Zugang zu einer ganzen Bandbreite an darüber hinausgehenden und faszinierenden Informationen. Die dargestellten Individuen konnten grob in zwei Gruppen unterteilt werden: „Menschen, die komplett in der Gegenwart leben“ und „Menschen, die in die Zukunft sehen können“ – diese Gruppen korrespondieren nicht exakt mit „*weiß*“ und „of color oder Schwarz“, aber es gab eine ziemlich große Übereinstimmung.

Ich sah mir nun eines der Bilder an, welches mit Lila verziert worden war. Da diese Farbe gerade erst an diesem besagten Morgen zu mir zurückgekehrt war, brannten meine Arme und Beine immer noch ziemlich, aber es war auszuhalten. Dass es überhaupt nichts im Vergleich zu dem Ausmaß an Schmerz war, den Frau Bahir regelmäßig erleidet, wurde mir bewusst, als ich ihr dabei zusah, wie sie einem ihrer Brüder eine lustige Geschichte erzählte. Ihre ganze Familie war da, um sie zu unterstützen. Selbst diejenigen, die nicht in unserem Kiez lebten, hatten sich den Nachmittag freigenommen, um pünktlich hier zu sein. Mittlerweile war es etwa 19 Uhr, demnach hatten meine schlimmsten Symptome nachgelassen. Als gerade niemand hinsah, legte ich, dem Anlass zu Ehren, dass meine Lieblingsfarbe zurückgekehrt war, einen Moonwalk hin. Ich mochte den Hauch von Lavendel sehr, der von den kleinen hervorgehobenen Details in dem Bild ausging, sowie die außergewöhnliche Geschmackskombination aus Auberginen und Weintrauben in meinem Mund. Aber das Aufregendste von allem – da war er. Nun ja, „aufregend“ mag vielleicht nicht das richtige Wort sein, weil es wirklich kein schmeichelhaftes Bild von ihm war. Er war einer von vielen behelmten und/oder aggressiv aussehenden Polizist_innen bei einer Anti-Sarrazin-Demo direkt vor dem Berliner Ensemble. Warum war mir vorher nicht aufgefallen, dass Hussein mir in der Öffentlichkeit deswegen bekannt vorkam, weil ich ihn im Privaten stundenlang am Stück auf meinem Computerbildschirm angestarrt hatte, während ich die Ausstellung vorbereitete? Erinnerungen sind eine knifflige Angelegenheit …

„Was halten Sie davon, Cee?", Frau Bahir lächelte mich nervös an, während sie mir ein Glas Weißwein reichte.

„Fantastisch", antwortete ich ernsthaft beeindruckt und machte dabei eine ausschweifende Geste. Wo ich auch hinsah, standen kleine Gruppen von Leuten um die Bilder herum und unterhielten sich leidenschaftlich über Frau Bahirs Arbeiten. Einer von Frau Bahirs Brüdern hielt seinen jüngsten Sohn hoch, damit sie gemeinsam eines der Bilder betrachten konnten. „Sie haben erstaunliche Arbeit geleistet …"

Frau Bahir strahlte und steckte ein loses Haar unter ihr Kopftuch, während sie sprach: „Ich bin so froh, dass Sie kommen konnten. Das bedeutet mir wirklich sehr viel." Ihre Stimme versagte und ihre Augen füllten sich mit Tränen. Ich berührte sie sanft am Arm.

„Natürlich bin ich gekommen!" Ich lachte (ich hatte nicht vorgehabt das zu tun, es geschah, weil sie eine gelbe Bluse trug). „Wenn sie mich nicht gestern Abend aus der Klinik entlassen hätten, wäre ich ausgebrochen!"

Frau Bahir lachte ebenfalls und tupfte sich mit dem Mittelfinger ihrer rechten Hand die Augen. „Oh! Mein Mascara!", stieß sie hervor. Ich reichte ihr ein Taschentuch.

„Was halten sie davon?" Ich nickte in Richtung ihrer Familie, jedes Familienmitglied genoss den Moment offensichtlich in vollen Zügen.

„Sehen Sie sie sich nur an“, lachte Frau Bahir. „Abdel hat mir gesagt, dass er jetzt endlich versteht, was ich den lieben langen Tag in meiner Wohnung mache. Er meint, dass ich mich in einen von diesen Yuppies verwandelt habe und jetzt besser in den Prenzlauer Berg passen würde!“ Sie lachte wieder vor sich hin und bedeckte ihren Mund mit einer Hand.

„Bitte was?!“, antwortete ich, aber Frau Bahir schüttelte bereits ihren Kopf. „Er weiß schon, er weiß schon. Ich brauche meine Familie um mich herum. Wenn sie nicht so oft bei mir nach dem Rechten sehen würden, wäre ich wahrscheinlich ständig im Krankenhaus.“ Frau Bahir nahm sich jetzt auch ein Glas Wein und trank einen Schluck. „Es stimmt schon, meine Wohnung ist kein Palast. Aber sie ist im Erdgeschoss, sie ist billig und …“ Sie deutete mit ihrem Kopf zu ihrer Familie „… sie ist in der Nähe von der Bande da. Nein, nein. Ich gehe nirgends hin.“

„Auf Sie!“, sagte ich erleichtert und mein Weinglas hochhaltend. Wir ließen unsere Gläser klingen. „Ich danke Ihnen, Cee“, sagte sie aufrichtig.

Bevor ich noch etwas sagen konnte, durchbrachen die Worte „Ah, das ist also Ihr Name“ die intime Stimmung zwischen Frau Bahir und mir. Ich hielt den Atem an, nickte sanft und lächelte dabei, noch bevor ich mich umdrehte, um ihn anzusehen. Mein Polizist sah sogar noch besser aus in Zivil. Ich vermutete, dass er etwas Grünes trug – die Art und Weise, wie ein pochendes Gefühl sofort die Kontrolle über meine Brust und meinen Hals übernahm, verriet es.

„Hussein!" Frau Bahir strahlte, als sie ihn umarmte. „*Selam*", antwortete er. Er erwiderte die Umarmung; doch die ganze Zeit über war ich es, die er anlächelte …

Tag 18

Es kratzte.

Diskret bewegte ich mein Kinn vor und zurück und von einer Seite zur anderen; aber so sehr ich es auch versuchte, ich konnte die Irritation um meinen Hals herum nicht lindern. Es war eine blöde Idee gewesen, heute eine Bluse mit einem orangefarbenen Kragen anzuziehen. Die Wahrscheinlichkeit, dass gerade diese Farbe an diesem Morgen zu mir zurückkehren würde, war mit eins zu vier ziemlich hoch gewesen. Der Geschmack von Karotten war relativ angenehm und ich kam mit dem Geruch von gebutterten Süßkartoffeln und warmer Kürbistarte klar, aber das kratzige Gefühl war zum verrückt werden. Herrn Welker schien mein Unbehagen glücklicherweise nicht aufzufallen. Oder vielleicht schrieb er es den Nerven zu. Ich warf ihm abermals einen verstohlenen Blick zu. Sein Gesicht war immer noch verzerrt und seine Hände umklammerten weiterhin fest das Lenkrad, während er geradeaus starrte. Es war, als würde er denken, dass der Verkehr vor uns, wenn er ihn nur lang und streng genug ansah, einfach dahinschmelzen würde.

Ich verstand das Problem nicht. Wir hatten den Auftrag bereits in der Tasche und waren nicht spät dran. Genaugenommen würden wir höchstwahrscheinlich 15 Minuten zu früh bei der Besprechung ankommen. Trotzdem fuhr Herr Welker so, als seien wir auf der Flucht. Gleichzeitig war er in ein wütendes Stakkato-Gespräch am Telefon verwickelt. Ich tat so, als würde ich nicht zuhören, weil es um private Angelegenheiten ging, aber es war schwierig, das überzeugend rüberzubringen. Immer wenn ich versuche, beim Autofahren zu lesen, wird mir schlecht, und ich hatte meine Kopfhörer zuhause liegen gelassen; also blieb mir nur die Strategie, ein Interesse am Wetter vorzutäuschen (es schneite wieder, aber nur leicht) und mit offenen Augen von Hussein zu träumen (der mir gestern Abend seine Telefonnummer gegeben hatte ...).

Aus dem, was gesagt wurde, konnte ich schließlich entnehmen, dass sich Herr Welkers Vater in einem kritischen Zustand befinden musste: er war sehr krank und musste dringend operiert werden. Die Krankenkasse jedoch, repräsentiert von einer genervten Stimme auf Lautsprecher am anderen Ende der Leitung, war nicht gewillt, die Kosten zu übernehmen. Der Satz „die Behandlung ist in Deutschland nicht zugelassen“ wurde so oft wiederholt, dass die Person genauso gut eine automatische Ansage hätte sein können. Herr Welker legte schließlich auf und schlug mit seiner Faust gegen das Armaturenbrett.

Ich glaubte etwas sagen zu müssen. Das Beste, was ich hatte war: „Es tut mir leid.“ Das tat es wirklich.

Zunächst starrte Herr Welker nur verbissen nach vorne und ich dachte das Gespräch sei beendet. Aber dann durchbrach er die Stille mit den Worten:
„Er hat Besseres verdient.“

Wir fuhren noch etwa eine weitere Minute ohne auch nur einen Blick auszutauschen, bevor Herr Welker fortfuhr. Er erzählte mir, dass sein Vater Prostatakrebs im Endstadium hatte, und dass es eine Behandlung gab, welche die letzten Wochen erträglicher für ihn machen könnte, aber anscheinend – weil die Operation nicht sein Leben retten würde – hielt man sie für einen „unwirtschaftlichen Gebrauch der begrenzten Mittel der Versicherung." Ich öffnete und schloss meinen Mund mehrere Male, aber nichts, was ich hätte sagen können, hätte die Dimension der Unmenschlichkeit, welche durch diese Aussage zum Ausdruck gebracht wurde, erfassen können. Herr Welker schaute mich nicht an und dennoch sah ich, wie seine Gesichtsmuskeln sich entspannten, als verstehe er.

„Wenn wir diesen Auftrag behalten", fuhr er fort, „muss ich mich nicht mehr mit diesen Idioten abgeben – ich werde die Behandlung einfach selbst bezahlen."

„Behalten?", fragte ich zögernd – ich war nicht sicher, ob es angebracht war, das Gespräch von seinem Vater abzulenken.

Herr Welker bremste ab, signalisierte, dass er nach rechts abbiegen würde, schaute dazu über seine rechte Schulter und hielt noch einmal kurz inne, um einen armen, *weißen* Fahrradfahrer anzuschreien, welcher, soweit ich das beurteilen konnte, sowieso Vorfahrt hatte. Dann nahm er das Gespräch mit mir wieder auf. „Anfang der Woche sah es so aus, als würden sie aussteigen, weil ihnen die Pläne meines Architekten nicht gefielen." Er schüttelte den Kopf. „Natürlich könnte ich sie verklagen", überlegte er laut, „und ich würde gewinnen. Aber um ehrlich zu sein, ich habe momentan nicht die Zeit oder die Energie für einen Prozess …"

„Ich verstehe“, nickte ich. Ich strengte mich kolossal an, entspannt auszusehen, aber in Wahrheit wurde Herr Welkers Fahrstil immer irrationaler und fing an mir Angst zu machen.

„... aber ich denke Ihre Ideen werden ihnen gefallen“, schloss er.
„Wieso?“, fragte ich und sah ihn an.

„Hauptsächlich wegen der Farben ...“, antwortete er und gestikulierte wild Richtung eines weiteren unglückseligen Fahrradfahrers.

Ich zuckte zusammen, als ich an die Farben dachte. Nachdem ich von der Klinik nach Hause kam, entdeckte ich, dass ich einen klitzekleinen Fehler in dem HTML Code gemacht hatte. Das Resultat war, dass mein Design viel mehr Rot beinhaltete, als ich ursprünglich geplant hatte. Es war höchst bedauerlich, dass sich dieser Fehler zum Höhepunkt meiner Rot-Farbwiedererlangung bemerkbar machte.

„... sie planen ein Luxusbordell“, fügte er beiläufig hinzu, bremste ab und parkte vor einem bürgerlich aussehenden Büroblock. „Ihr Design ist perfekt.“

Ein „Ohh!“ entfloh meinem Mund. Es war unbeabsichtigt, aber schonungslos ehrlich. Herr Welker jedoch musste „Wo?“ verstanden haben, weil er das Gespräch damit fortsetzte, eine Frage zu beantworten, die ich nicht gestellt hatte.

„Das Gebäude in der Friesenstraße", murmelte er und lächelte zum ersten Mal an diesem Morgen. „Die verdammte Baugenehmigung ist durch – *endlich.*"

Mein Herz sank. Ein Bordell? Und wie um alles in der Welt war es mir gelungen zu übersehen, dass es sich um das Gebäude handelte, in dem Frau Bahir lebte? Natürlich konnte ich auf keinen Fall jemals an so einem Projekt beteiligt sein.

Tag 19

Es schmerzte.

Obwohl ich die Farbe, die an diesem Samstagmorgen zu mir zurückkehren würde, richtig erraten hatte, dachte ich, ich würde damit schon fertig werden. Die letzten beiden Male waren schließlich nicht so schlimm gewesen. Ich wachte unglaublich früh auf, dankbar, dass die Nacht endlich vorbei war. Ich erwartete nicht, dass der Tag viel besser werden würde, also beschloss ich, mich mit einem Strauß meiner Lieblingsblumen zu verwöhnen: rosafarbene Nelken. Anfangs war der Schmerz auszuhalten gewesen und wurde zudem von dem Geruch von Zuckerwatte gemildert. Seltsamerweise hatte ich keinen bestimmten Geschmack, der mit Rosa verbunden war. Gegen Mittag jedoch tat mein ganzer Körper weh, besonders der Bereich um mein Herz herum. Am Ende legte ich die Blumen in das Badezimmerwaschbecken.

Ich hatte mir vorgenommen, Herrn Welker heute zu sagen, dass ich aus dem Grunewaldprojekt aussteigen würde. Ich hatte mich seit über 24 Stunden damit herumgequält, nicht offen mit ihm geredet zu haben, als ich die Einzelheiten erfuhr, aber ich hatte – und tat es immer noch – zu sehr unter Schock gestanden. Ich legte meine Hände auf mein Gesicht und ging alles nochmal durch: Die ursprüngliche Projektbeschreibung war tatsächlich für ein 5-Sterne-Hotel gewesen. Herr Welker hatte sich jedoch nicht die Mühe gemacht mich über die Planänderung auf dem Laufenden zu halten, weil er beschlossen hatte, meine Wohnung zwangsräumen zu lassen und all unsere bestehenden gemeinsamen Projekte abzusagen. Nun befand ich mich in diesem Dilemma, weil meine Arbeit ihn wirklich beeindruckt hatte und die Kunden vollkommen begeistert von meiner Präsentation gewesen waren. Ich konnte auf keinen Fall an diesem Projekt arbeiten und dennoch wagte ich es nicht daran zu denken, was für einen Dominoeffekt es haben würde, wenn ich mein Design zurückzog. Ich steckte in der „Egal wie mans macht“-Zwickmühle …

Laut stöhnend trat ich gegen meinen Schreibtisch, was natürlich meinem schmerzenden Fuß überhaupt nicht half und einen Bleistift dazu brachte, herunterzurollen und auf den Boden zu fallen. Ich nahm die Hände von meinem Gesicht und konzentrierte mich eine Weile auf den Bleistift, während ich an all die Besorgungen dachte, die ich hätte machen sollen, all die Briefe, die ich hätte schreiben sollen, all die Anrufe, die ich hätte tätigen sollen … Meine fragmentierten Gedanken rasten ruhelos durch mein Gehirn und jagten einander durch meine Brust, hinunter in meinen Bauch und wieder zurück nach oben. Ich hätte mich meinen Dämonen stellen sollen wie ein Huhn mit Kopf oder so ähnlich, aber alles, was ich jetzt tun wollte, war einfach meinen Pinsel, ein Skizzenbuch und eine Thermoskanne Kaffee zu nehmen, in ein Museum zu gehen und zu zeichnen. Ich glaube, das habe ich zum letzten Mal getan, als Sam etwa sechs Jahre alt war. Es war in Momenten wie diesen, wenn wir still zusammensaßen und zeichneten oder malten oder Karten spielten, in denen Sam mit ihren genialsten Aussagen kam. Ich vermisste sie sowieso jeden Tag, die ganze Zeit. Aber jetzt war der Schmerz unglaublich.

Wie meine Mum es mit mir getan hatte und zweifelsohne ihre Mum mit ihr, hatte ich gewisse unsere Herkunft betreffende Weisheiten an meine Tochter weitergegeben. Aber während ich einfach akzeptiert hatte, was auch immer meine Mum mir gesagt hatte, hinterfragte Sam alles. Als meine Mum mich zum Beispiel erstmals informiert hatte, dass wir parthenogenetisch waren, nickte ich einfach weise und schlug das Wort später im Wörterbuch nach. Nicht die schönste Art, von unserem Schicksal zu erfahren, finde ich. Sam und ich waren im Naturkundemuseum und skizzierten Skelette der Neumexikanischen Rennechsen, als ich es ihr sagte. Ihre Antwort war typisch Sam gewesen:

„Partheno-was?"

„Parthenogenetisch", wiederholte ich geduldig, während ich ihr half, einen Teil ihrer Zeichnung wegzuradieren. „Es bedeutet, dass wir alleine Kinder kriegen – dass unsere Körper so geschaffen wurden, dass sie von ganz alleine schwanger werden."

Genau genommen ist das vielleicht kein Schicksal, von welchem man auf eine schöne Art erfahren kann. Während ich irgendwie fasziniert von der Aussicht auf Parthenogenese war, als ich davon erfuhr, hatte Sam mich mit den größten Augen angeschaut.

„Warum?!", hatte sie ausgerufen, „Ich will keine Kinder alleine kriegen! Warum sollte ich das tun müssen?" Ich erinnere mich, dass ich mich damals angegriffen gefühlt habe, in der Annahme, es wäre ein Zeugnis meiner erzieherischen Fähigkeiten, oder was sie davon hielt.

„Es tut mir leid", antwortete ich schwach. „Es ist Tradition."
„Mummy …", sagte sie strahlend nach einigen Minuten, „Traditionen sind alt, oder nicht? Wozu brauchen wir sie?"

„Na ja, sie sind manchmal hilfreich“, argumentierte ich. Aber es war eine schwierig zu beantwortende Frage. „Sie sind wie Richtlinien.“

Sam sah mir direkt ins Gesicht und hörte auf zu zeichnen. „Was ist eine Richtlinie?“, fragte sie.

„Sowas wie eine Regel“, fügte ich hinzu. „Wir beide, wir sind *Ejis*. Wir gehen keine Partnerschaften ein wie andere Leute. Wir leben nicht einmal mit unseren Müttern, nachdem wir alt genug sind, um selbst eine Tochter zu bekommen. Wir leben einfach allein. Das ist es, was *Ejis* tun.“

„Aber warum Mummy? Wozu soll das gut sein?“

„Nun ja, der springende Punkt ist, dass es nicht gut ist, von irgendwem abhängig zu sein“, antwortete ich nach einigen Minuten. „Genaugenommen ist es sogar sehr schlecht für dich. *Ejis*, die zusammen leben, tun einander am Ende immer weh und tun denjenigen, die schwächer sind als sie, schlimme Dinge an.“ Ich erfand den letzten Teil, um meinen Standpunkt überzeugend rüberzubringen, und ich war ziemlich stolz, dass ich auf so einen plausiblen Grund gekommen war. Aber naja, Sam beeindruckte es offensichtlich nicht.

„Das ist Quatsch“, erwiderte sie scharf. „Wir lieben uns. Wir sollten zusammenleben.“ Es war mehr eine Feststellung als eine Meinung. Sie widmete sich wieder dem Zeichnen.

„Nun ja“, dachte ich laut nach, den Gedanken in meinem Kopf herumwälzend, „wir können einander lieben und trotzdem nicht zusammenleben, oder?“

Sam schüttelte geduldig ihren Kopf. „Nein“, sagte sie. „Liebe ist ein Tuwort – nicht nur ein Gefühl.“

Mein Herz schmerzte ein wenig mehr, als ich mich an diesen Dialog erinnerte. Ich wünschte, ich besäße Sams Weisheit, oder wenigstens die Gelegenheit sie um Rat zu bitten.

Ich weinte leise, während ich meine Kunstmaterialien zusammenpackte und meinen Kaffee machte und fragte mich wieder mal, was sie wohl gerade tat und ob sie mir jemals verzeihen würde, dass ich sie gezwungen hatte von zu Hause fortzugehen. Wenn ich nicht ganz so sehr mit mir selbst beschäftigt gewesen wäre, hätte ich mich in dem Moment daran erinnert, dass meine Mum in ihrem Brief Bezug auf genau diese Frage genommen hatte. Ich hätte ihn noch einmal gelesen und nochmal versucht seine Bedeutung zu entziffern.

Tag 20

Es glühte.

Ihr Armband war der erste Gegenstand, der mich realisieren ließ, dass mein Gold zurückgekehrt war. Es gab mir ein Gefühl von großer Zufriedenheit und ich genoss den Geschmack von Zimt, der damit einherging. Sie lächelte herzlich und bat mich mit einer freundlichen Geste herein, wobei sie sich zu einem Rhythmus von Lavendel und Pfefferminz bewegte. Es war eine seltsame Kombination, aber ich mochte es und instinktiv mochte ich sie. Frau Welker war eine dieser Ausnahmen, welche die Regel bestätigen: eine *weiße* Frau, die in die Zukunft sehen *kann*. Sie bewegte sich vorsichtig, ihre perfekt manikürten Hände leicht vor sich gefaltet und in der ganzen Zeit, in der wir zusammen waren, genau auf jedes Detail achtend. Zum Beispiel beschlugen meine Brillengläser, als ich das Wohnzimmer betrat. Sie war auf diese Eventualität vorbereitet gewesen – sie bot mir sofort ein Taschentuch an. Als sie mich an ihrer Haustür begrüßt hatte, war ich bereits tief beeindruckt gewesen, dass sie sich offensichtlich die Zeit genommen hatte zu lernen, wie man meinen Nachnamen richtig ausspricht. Jetzt, als ich auf ihrem Sofa saß, mit ihr plauderte und dabei einen Kaffee ablehnte, doch nachdem ich noch einmal drüber nachgedacht hatte, ein Mineralwasser annahm und das Familienportrait bewunderte, welches über dem Kamin hing, war ich tief beeindruckt davon, wie wenig voreingenommen sie war. Sie stellte die Art von Fragen, die zeigten, dass sie ernsthaft an meinen Antworten interessiert war. Ich bekam sogar die Gelegenheit über Hussein zu sprechen. Wir saßen nur für zehn Minuten zusammen, höchstens fünfzehn, aber in dieser kurzen Zeit fühlte ich mich mehr gesehen, gehört und respektiert von ihr, als Herr Welker mir je das Gefühl gegeben hatte. Ich muss zugeben, die Worte „Was will sie denn mit so einem?“ kreuzten meine Gedanken mehr als nur einmal.

Herr Welker war das komplette Gegenteil von ihr. Während unserer Jahre der Zusammenarbeit hatte ich gelernt, ihn liebevoll als Fisch zu betrachten, der nicht realisiert, dass das Wasser nass ist. „Manchmal …“, dachte ich mir in stilleren Momenten, „muss man sie einfach liebhaben.“ Die dreiste Naivität, die Männer wie er an den Tag legen, bringt sie schließlich weit im Leben. Er hielt sich selbst für einen „Selfmademan“ – mit anderen Worten, er hatte keinen Reichtum von seinen Eltern geerbt und nicht in der Staatslotterie gewonnen, aber in seinem Erwachsenenleben „selbstständig“ ein ganz schönes Imperium aufgebaut. Man konnte mit ziemlicher Sicherheit annehmen, dass er und Frau Welker keine finanziellen Sorgen hatten. Nun ja, wenn man die Operation seines Vaters nicht dazuzählte.

Er entschuldigte sich nicht bei mir, als er das Wohnzimmer betrat. Obwohl er meiner Bitte, sich an diesem Morgen mit mir zu treffen, zugestimmt und die Zeit sowie auch den Ort festgelegt hatte, fand er es immer noch mehr als lästig, dass ich irgendein belangloses Problem mit ihm diskutieren wollte und damit nicht bis Montag warten konnte. Ich war überrascht zu sehen, wie er einen kurzen Moment stehenblieb, um Frau Welker liebevoll zu küssen, als er an ihr vorbeilief. Auf die Lippen! Ich hatte ihn niemals auch nur ansatzweise für ein zärtliches Wesen gehalten, geschweige denn einen sexuell aktiven Mann, obwohl ich wusste, dass er Kinder hatte (tatsächlich hatte ich mich immer insgeheim gefragt, ob sie adoptiert waren). Wie dem auch sei, klar war, dass ich falsch gelegen hatte. Herr und Frau Welker hatten offenbar immer noch eine innige, einfühlsame Beziehung. Für den Bruchteil einer Sekunde stellte ich mir vor, wie es sich anfühlen würde, wenn

Hussein meine Taille genauso umschlingen würde, wie Herr Welker die seiner Frau.

Frau Welker entschuldigte sich und verließ den Raum. Herr Welker setzte sich mir gegenüber; der Zimtgeschmack seiner goldenen Uhr lenkte mich nur einen kurzen Moment ab.

„Okay", seufzte er, und bediente sich am Weihnachtsstollen, „her mit der Schlagzeile!"

Und so war der Moment gekommen.

Ich hatte gestern den ganzen Tag darüber nachgedacht und mir ausgemalt, wie es werden würde. Ich hatte den Hörer so viele Male in die Hand genommen, dass ich am Ende nicht mehr mitzählen konnte. Ich hatte fünf ausschweifende E-Mails entworfen und sie alle gelöscht. Am Ende, um 22 Uhr, schickte ich ihm eine einzeilige SMS die lediglich besagte, dass ich ihn dringend sehen musste. Um Mitternacht übergab ich mich in der Toilette, weil der Gedanke an eben diesen Augenblick, mit dem ich jetzt konfrontiert war, mir so große Angst gemacht hatte. Den ganzen Morgen war es mir gelungen zu vermeiden, zu sehr daran zu denken, und ich vergaß es sogar völlig, während ich mit Frau Welker sprach. Und jetzt war es soweit.

Ich hatte einen Satz für diesen Anlass formuliert: Ich nannte ihn „den Satz ohne ein Zurück." Sobald dieser Satz raus war, komme was wolle, er konnte nicht zurückgenommen werden. Unabhängig davon, wer sprach, oder was sie sagten, der Rest des Gesprächs wäre schlicht und einfach dazu da, diesen ersten Satz zu bestätigen. Also fasste ich meinen ganzen Mut und legte los.

„Herr Welker", begann ich, aber meine Stimme zitterte, also räusperte ich mich und fing nochmal von vorne an. „Herr Welker, ich ziehe mein Design von dem Grunewaldprojekt zurück." Schweigend legte ich den Briefumschlag mit der Rücktrittserklärung, die ich geschrieben hatte, auf den Couchtisch und wartete auf die Lawine – welche, seinem Gesichtsausdruck nach zu urteilen, nur Sekunden entfernt war.

Tag 21

Es strahlte.

Unzählige Empfindungen breiteten sich in meinem Schlafzimmer aus und der enthüllte Spiegel sang. Es kam völlig überraschend: Zum ersten Mal in meinem Leben konnte ich Farben hören. Mein Körper zitterte, als die einst vertrauten Blau- und Gelb-, Grün- und Rottöne um mich herum vibrierten. Der süßliche und zarte Geruch von Vanille sprang zwischen meinem Spiegelbild und allen anderen Gegenständen in meinem Zimmer hin und her. Zeitweilig konnte ich kaum sehen, weil mir ständig Tränen in die Augen stiegen und gelegentlich die Barriere, die meine unteren Wimpern bildeten, durchbrachen und meine Wangen herunterrollten. Ab und zu wischte ich mir die Augen und erlebte wieder die satinähnliche Beschaffenheit meiner handschuhfreien Fingerspitzen und die intensive Geschmackskombination aus Pecannüssen, Pilzen und Ingwer, die auf meine Zunge traf.

Gestern Nacht, in Vorbereitung auf die Rückkehr meines Brauns, hatte ich den Spiegel auf einen Stuhl in der Mitte meines Zimmers gestellt. Ich stand nun davor: nackt und mit Gänsehaut, aber ganz und gar verzaubert. Das neue Ich war sowohl angsteinflößend als auch faszinierend. Ich zitterte irgendwo zwischen Ekstase und Verzweiflung, als meine Ungewissheit mich an den hintersten Rand von allem, woran ich vorher geglaubt hatte drängte. Hier stand ich nun, mit neuen metaphorischen Flügeln und einer unstillbaren Sehnsucht zu springen – ohne zu wissen, ob sie mich tragen oder versagen würden. Und dann kam Hussein wieder an die Vorderfront meiner Gedanken – mittlerweile begleitete er mich Tag und Nacht. Ich reflektierte mindestens zweimal über alles, was ich tat: „was dachte ich?“ und „was würde er denken?“ Obwohl ich seine Nummer gelöscht und versucht hatte, ihn aus meinem Gedächtnis zu verdrängen, stahl er sich immer wieder hinein. Da war ich also: auf Zehenspitzen um meine neue Perspektive von mir selbst herumtänzelnd und mich fragend, ob Hussein möglicherweise jemals sehen könnte, was ich jetzt sah?

„*… allein leben …*“
War ich bereit, alles zu riskieren, um es ihm zu zeigen?

„*… allein lieben …*“
Hatte ich nicht ohnehin schon alles verloren?

„*… allein sterben …*“
Und der Boden schwankte ein wenig mehr …

Der Wutanfall von Herrn Welker gestern hatte eine tiefe Wunde in mir zurückgelassen. Als ich sein Haus gestern Morgen verließ, schluchzte ich hemmungslos. Er hatte so heftig geschrien, dass die Adern an seinen Schläfen hervorgetreten waren und die Kronleuchter angefangen hatten zu beben. Frau Welker war zurück ins Wohnzimmer gerannt, um herauszufinden, was vor sich ging. In diesem Moment ergriff ich die Chance zu flüchten. Ich sah sie nicht einmal an: Meine Augenlider waren zu schwer von dem bloßen Gewicht der Scham und der Verletzung. Sie holte mich auf der Straße ein und überredete mich, mit ihr an der Bushaltestelle zu sitzen. Wir sprachen stundenlang über Sexarbeit: dass sie fand, dass Frauen ein Recht darauf hatten, zu wählen; dass sie, wenn sie beschlossen hatten in einem Bordell zu arbeiten, es verdienten, die allerbesten nur möglichen Arbeitsbedingungen zu haben. Und dass ich fand, dass es kein anderes Gewerbe gab, in dem eine Frau verletzbarer und abhängiger von Männern war, als die Sexindustrie. Dass sich jede einzelne Faser meines Wesens gegen das ganze Konzept sträubte. Sie überredete mich trotzdem – sie gewann meine Zustimmung mit ihren sanften rhetorischen Fähigkeiten und dem geduldigen Auseinandernehmen jedes meiner Argumente. Und das war der Grund, warum ich bis tief in die Nacht geweint hatte, während ich meinem Plan den letzten Schliff gab.

Ich gehörte hier nicht mehr her: Mein Mund hatte „ja“ gesagt aber mein Herz sagte immer noch „nein“. Jetzt wartete mein kleiner Rucksack geduldig im Flur neben der Eingangstür. In der Tat war alles um mich herum – inklusive der Zeit selber – stehengeblieben, um diesen bittersüßen Moment mit mir zu zelebrieren: die Rückkehr meines Brauns und den Verlust jeglicher Hoffnung. Und der Spiegel sang weiter.

Das sich wiederholende Signal meines Handys drang zu meiner braunen Symphonie durch. Ich zog in Betracht es zu ignorieren, aber ein kurzer Blick auf das Display zeigte, dass es Frau Bahir war. Wenn ausgerechnet sie anrief, musste es sich um etwas Wichtiges handeln. Und sie war der einzige Mensch, dem ich wirklich persönlich auf Wiedersehen sagen wollte.

„Guten Morgen, Cee!“ stieß sie hervor. Ihre Stimme strahlte durch den Hörer. Sie war offensichtlich kurz davor mir gute Neuigkeiten mitzuteilen.

„Guten Mo-", setzte ich an, aber ich konnte mich selbst kaum reden hören, die Melodien der Brauntöne waren so laut. Ich schloss meine Augen und versuchte sie nochmal zu begrüßen, aber die Lautstärke war immer noch zu hoch. Ich versuchte meine Stimme zu heben: „Guten Morgen!", brüllte ich. Die Melodien machten mich beinahe taub.

„Warum schreien Sie?", fragte Frau Bahir.

Ich öffnete und schloss meinen Mund mehrere Male, aber es gab keine Änderung. Mehr aus Verzweiflung als sonst etwas flüsterte ich vor mich hin „Was soll ich sonst machen?"

Fast umgehend reduzierte sich der orchestrale Lärm der Musik, der durch den Raum hallte, zu einem sanften, Wiegelied-ähnlichen Geplänkel.

„Cee?" Frau Bahirs Freude war mittlerweile Sorge gewichen. „Geht es Ihnen gut?"

„Ja mir geht es wirklich gut", flüsterte ich und fühlte mich von Ehrfurcht erfüllt und ermutigt von der sanften Hintergrundmusik. „Können Sie mich hören?"

„So gerade eben ...", antwortete Frau Bahir zögernd.

„Es geht mir wirklich gut", versicherte ich ihr, immer noch flüsternd. „Ich bin...naja...Sie haben mich angerufen. Wie kann ich Ihnen helfen?"

„Ich hatte gehofft, dass sie vielleicht Zeit für einen spontanen Kaffee hätten ...", sie hörte sich wieder begeistert an. „Ich kann zu Ihnen kommen, wenn das einfacher wäre." Sie kicherte kurz bevor sie fortfuhr. „Ich habe gerade wunderbare Neuigkeiten erhalten und Sie sind die perfekte Person, um das mit mir zu feiern ..."

Ich war neugierig. Obwohl ich einen Termin mit dem selbst arrangierten Schicksal hatte, wusste ich auch, dass es absolut in Ordnung wäre, mich, bevor ich ging, mit Frau Bahir zu treffen. Jedoch wollte ich nicht, dass sich Frau Bahir die Stufen zu meiner Wohnung im dritten Stock hochquälen musste.

„Das klingt wunderbar!", flüsterte ich wieder. „Aber lassen Sie mich zu Ihnen kommen ..."

Tag 22

Heute dachte ich überwiegend an die Vergangenheit.

Sam hat mich genau vor 52 Dienstagen verlassen. Das ist ein Jahr, oder nicht?

Als ich das Haus meiner Mum verließ, war das ein trauriger, aber im Grunde genommen undramatischer Anlass. Mein Zimmer bei ihr zuhause war bereits komplett leer und für die letzten beiden Nächte, bevor ich offiziell auszog, hatte ich mit meiner Mum in ihrem Bett geschlafen. All meine irdischen Güter waren bereits in meiner neuen Wohnung – im Bus nur 20 Minuten entfernt, aber in der Tradition irgendwo zwischen *Jenseits von Weit* und *Für Immer Unerreichbar* und *Absolut Verboten*. Als ich zum letzten Mal aus dem Haus meiner Mum ging, konnte ich nichts hören. Ich bin nicht sicher, was sie durchmachte, aber in dem Moment, in dem ich ein Beben in der Luft spürte – und nur in diesem Moment – existierte kein einziger Laut. In den Wochen bevor ich fortging, hörte ich meine Gedanken zwar, doch ich behielt sie größtenteils einfach für mich. Ich hatte ihr nicht gesagt, wie viel Angst ich vor diesem letzten Schritt hatte, dass sie mein Anker in einer turbulenten Welt war. Dort, wo wir lebten, hatte es keine Literatur, keine Filme, keine Zeitungen, keine Fernsehdokumentationen, keine U-Bahnwerbungen, nicht einmal irgendwelche Skizzen oder unvollständige Notizen gegeben, welche auf unsere Existenz hindeuteten. An einem Ort, wo ich Gefahr lief, als eine Serie von „nichts" aufzuwachsen, hatte meine Mum mich großgezogen, bestätigt, raffiniert und reflektiert. Sie hatte Lieder über unsere Historie gesungen und Geschichten über unsere Schönheit erzählt. Sie war es und nur sie, welche mir das Vokabular und die Vision gegeben hatte, mich selbst zu beschreiben. Ja, wir stritten viel, aber das nur, weil wir einander so viel bedeuteten. Ich verließ mich darauf, dass sie all dies bereits wusste. Also hielt ich meinen Atem an, als wir uns verabschiedeten und ich vergab ihr dafür, dass sie ein wenig an mir vorbeischaute, als sie die Tür schloss. Ich schickte ihr meine erste SMS, sobald ich um die Ecke ging.

Bei ihrem Abschied hatte Sam nicht fair gespielt.

Sie hatte nichts vorbereitet und sich kategorisch geweigert zu gehen. In den letzten Wochen bevor sie ging, verzweifelte ich immer, wenn ich mich in ihrem Zimmer umsah. Ihre Fotografien und Poster waren trotzig an ihre Wand gepinnt. Ihr Schreibtisch war übersäht mit allen Geschenken, die ich ihr je gegeben hatte, sowie einer Anzahl von Geschenken, die sie noch für mich vorbereitete. Sie hatte sogar angefangen, Kletterpflanzen auf ihrem Balkon wachsen zu lassen. Irgendwann hörte ich auf, sie darauf anzusprechen, und traf die Vorbereitungen einfach allein. Ich hatte mir selbst eingeredet zu glauben, sie würde sogar dankbar sein, dass ich es ihr abgenommen hatte. Mit dem Vorteil der nachträglichen Einsicht kann ich jetzt sehen, warum sie so schockiert war, als sie erstmals ihr leeres Zimmer sah, nachdem sie triumphierend von ihrem letzten Schultag nach Hause kam. Ich hatte sogar die Wände weiß gestrichen. Sie stand mehrere Minuten lang sprachlos in der Tür, ihren Kopf an den Türrahmen gelehnt, ihre Arme schlaff an ihrer Seite herabhängend. Meiner Meinung nach war dies kein geeigneter Moment, um herumzustehen – das Taxi, welches ich bestellt hatte, um sie abzuholen, wartete unten. Ich ermunterte sie dazu, ihre Jacke anzuziehen. Sie reagierte zuerst nicht, aber ich drohte ihr. Ich kann mich jetzt nicht mehr genau erinnern, was ich damals gesagt habe, aber ehrlich gesagt macht es mir Angst, dass es mir irgendwie gelungen ist, ein Kind zu zwingen, etwas gegen ihren eigenen Willen zu tun, wenn sie sowieso drauf und dran war, alles zu verlieren, was ihr etwas bedeutete. Die allerletzten Worte, die sie zu mir sagte, waren: „Warum tust du das?“ Und seit diesem Moment, jeden Dienstagmorgen seit 52 Wochen, habe ich erfolglos versucht, eine angemessene Antwort auf diese Frage zu finden.

Gestern, gab ich zum ersten Mal in meinem Leben zu, dass ich einsam war. Das war eins der mutigsten Dinge, die ich je getan hatte. Und es war nur, weil Frau Bahir zuerst mit mir ehrlich gewesen war. Und auch, weil ich dachte, dass ich mich danach auf eine Reise ohne Wiederkehr machen würde. Ich saß in ihrem Wohnzimmer, umklammerte meinen kleinen Rucksack und wartete darauf, dass mein Pfefferminztee abkühlte. Sie nickte verständnisvoll und ich war erleichtert, dass sie mich nicht fragte, warum ich flüsterte. „Die meisten Menschen sind es“, sagte sie. „Und um diese Jahreszeit ... wenn alle scheinbar frisch verliebt oder bei ihren Familien sind ...“ ihre Stimme lies nach und löste sich irgendwann in Luft auf – ein wenig wie der Dampf, der von meiner Tasse aufstieg.

„Mir macht es nicht so viel aus an Weihnachten allein zu sein“, fügte ich hinzu. „Ich habe gelesen, dass manche Menschen gezwungen sind, Zeit mit ihren Familien zu verbringen, selbst wenn sie es nicht wollen ...“

„Einige attackieren sich sogar am Ende gegenseitig!“, warf Frau Bahir ein.

„Ich weiß!“, fuhr ich fort. „Es ist schwierig, sich vorzustellen, wie Menschen, die sich angeblich lieben, einander so behandeln.“

„Aber andererseits, wenn man darüber nachdenkt, macht es vollkommen Sinn.“ Frau Bahir hielt inne, um sich an den Beinen zu kratzen. „Ich denke es ist so“, fuhr sie fort, „wenn eine Person dich liebt, weiß sie, wie sie dich verletzten kann. Für die meisten Menschen ist die Versuchung einfach zu groß …“

„Das ist mir auch klargeworden“, antwortete ich. „Deshalb lasse ich mich nicht auf Liebe ein.“ Ich tat so als würde ich mein Herz verschließen und den Schlüssel wegwerfen. Ich kicherte verhalten, während ich das tat, aber machte dadurch keiner von uns etwas vor.

Frau Bahir lächelte. „Netter Versuch!“, sagte sie nach einigen Minuten. „Sie haben diese Entscheidung getroffen, aber sie leiden immer noch.“

„Aber ich leide nicht *so sehr*“, gab ich ein wenig zu schnell zurück.

Das brachte sie dazu laut zu lachen. „Ich sollte das auf ein T-Shirt drucken!“, lachte sie in sich hinein.

Ich fühlte mich verletzt.

„Cee“, sagte sie sanft, als sie bemerkte, dass meine Unterlippe jetzt ein wenig vorgeschoben war, „wir balancieren in gewisser Weise immer unsere Leben irgendwo zwischen Schmerz und Freude. Wir wissen nicht wirklich, was das eine ist, bevor wir das andere gekostet haben.“ Ich hörte ihr weiterhin zu, aber ich musste mich plötzlich sehr stark darauf konzentrieren, mein Getränk gleichzeitig umzurühren. Es schien, als ob ich, wenn ich mich nicht fest an dem Teelöffel festhielt, Gefahr lief von meinem Stuhl herunterzufallen.

„Es geht nicht darum, dass wir immer zu 100% glücklich sein müssen“, fuhr sie fort. „Wie solltest du wissen können, was Freude ist, wenn du immer glücklich wärst?“ Sie hielt inne, aber ich sagte nichts. Ich konzentrierte mich immer noch. „Es geht darum, die negativen Dinge auf eine Art und Weise zu bewältigen, die Raum für die positiven Dinge schafft. Und sich immer wieder vor Augen zu halten, dass das Pendel in beide Richtungen schwingt. Alles vergeht mit der Zeit.“

Je mehr ich Frau Bahirs Worte durchdachte, umso mehr schien es, als sei das Schicksal, mit welchem ich eine Verabredung hatte, das falsche …

Ich wechselte das Thema.

„Und die guten Neuigkeiten?“, flüsterte ich, ein Lächeln aufsetzend. Frau Bahir strahlte. Sie erzählte mir von einer renommierten Auszeichnung, für die sie nominiert worden war, und dass, weil die Preisverleihung im Ausland stattfand und sie eingeladen worden war, daran teilzunehmen, die Wahrscheinlichkeit, dass sie gewinnen würde, sehr hoch war – „*Inshallah* …“, lächelte sie zurückhaltend.

„Wow, cool!“, stieß ich hervor. „Vergessen Sie mich ja nicht, wenn Sie reich und berühmt sind“, scherzte ich, wobei ich sie umarmte.

„Ganz im Gegenteil …“, antwortete Frau Bahir. „Ich wollte Sie fragen, ob Sie Ende Januar und Anfang Februar noch Kapazitäten haben. Ich würde gerne mit Ihnen an einem Buchprojekt arbeiten …“

Frau Bahir bemerkte nicht sofort, dass ich meinen Kopf seit dem Wort „Kapazitäten“ geschüttelt hatte.

„Es tut mir Leid“, flüsterte ich. „Ich mache kein Grafikdesign mehr.“
Frau Bahir sah mich entsetzt an und setzte ihre Tasse ab. „Was?“, stieß sie hervor „Seit wann?!“

„Nun ja …“, stammelte ich und realisierte, dass ich das hätte besser durchdenken sollen. „Ich habe es gerade beschlossen …“

„Warum?“

Meine Gedanken wanderten zu meiner Mum und Sam und Herrn Welker und schließlich zu Hussein. All diese Dinge waren zu emotional, zu verstrickt für eine kurze höfliche Antwort. „Ich gehe weg“, teilte ich ihr mit.
Frau Bahir musterte mich misstrauisch. „Wohin …?“, fragte sie.

Ich hatte nicht vorhergesehen, dass das Gespräch so verlaufen würde, und ich wünschte, ich hätte meine ursprüngliche Antwort anders formuliert.

„Frau Bahir, ich habe einige Fehler gemacht“, sagte ich schließlich.

„Na und haben Sie sich entschuldigt?“

Ich dachte an Herrn Welker und den Zorn in seinen Augen. Ich dachte an den Frust, den er zum Ausdruck gebracht hatte, dass ich, unter anderem, die Präsentation vor den Klienten gemacht hatte, nur um dann etwas über 48 Stunden später einen Rückzieher zu machen. Ich stimmte ihm nun zu und bedauerte, dass ich nicht einfach nein gesagt hatte, sobald mir die Einzelheiten klargeworden waren.

„Ich glaube die Person würde nicht …“

„Ich meine nicht die“, unterbrach sie. „Ich meine Sie. Haben Sie sich bei sich selbst entschuldigt? Und haben Sie sich selbst vergeben?“

Natürlich hatte ich das nicht getan. Ich antwortete nicht. Die Frage schien sowieso rhetorisch zu sein.

„Was auch immer Sie tun, Cee“, waren die Worte, die Frau Bahir mir mit auf den Weg gab, „vergeben Sie sich selbst. Wir alle machen Fehler.“ Sie drückte meine Schultern ein letztes Mal bevor ich ging.

Jetzt, mehrere Stunden später, auf der Brücke stehend, schwebten Frau Bahirs Worte in perfekter Harmonie mit meinem Soundtrack aus Blau- und Grautönen um mich herum. Ich sah den Fluss einige Meter unter meinen Füßen fließen. Das Wasser rief mich und ich geriet in Versuchung, aber am Ende beschloss ich, dass das Schicksal warten konnte. Ich legte mich auf den Betonboden und schlief schließlich ein, mit meinem getreuen Rucksack als Kissen.

Tag 23

Heute dachte ich überwiegend an die Zukunft.

Während ich gestern Nacht schlief, schwebte meine Mum über mich hinweg, ließ meinen Körper mit ihrem Geist erstrahlen und hob mich ein wenig empor. Mir wurde sofort wärmer und ich fühlte mich von ihr gehalten. Ich wünschte, ich hätte für immer in diesem Zustand verweilen können. Obwohl ich schlief, wusste ich, dass sie bei mir war, und außerdem realisierte ich, dass sie auf dem Weg in die nächste Ebene war. Da war keine Trauer, stattdessen fühlte es sich so an, als sei das letzte Teil eines Puzzles endlich an der richtigen Stelle: Alles war, wie es sein sollte. Sie stellte mir eine Frage, aber nicht mit ihrer Stimme (ich weiß jetzt, dass dies ihr Abschiedsgeschenk an mich war). Wir kommunizierten auf einer Ebene, die über Polysinn hinausging. Es war eher wie Wellen: Sätze bildeten sich, rollten, nahmen Geschwindigkeit auf und nahmen an Volumen zu, bevor sie schließlich am gegenüberliegenden Ufer zerschellten. Auf diese Weise erreichte mich ihre erste Frage: „Wie entscheidest du dich?"

Die Frage überraschte mich. Ich hatte nie das Gefühl gehabt eine Wahl zu haben, da ich immer an Tradition und Brauch gekettet gewesen war.

Die nächste Welle brachte die Antwort meiner Mum.

„Charlie – du hast immer eine Wahl gehabt. Manchmal hast du es nur nicht gesehen."

Dieser Aussage folgte eine Welle der Wut. Ich hatte mein ganzes Leben damit verbracht, mich ihr strikt zu fügen. Ich war allem gefolgt, was sie mir vorgelebt hatte, ich hatte alles getan, was sie mir gesagt hatte zu tun … Sofort spülte die Wahrheit der „auch das war eine Wahl"– Welle über mich hinweg.

Minuten vergingen, in denen ich über ein Leben versäumter Gelegenheiten und Missverständnisse reflektierte. Ich fühlte mich bestraft und ungerecht beurteilt. Frust zehrte an mir. Es war schmerzhaft zu realisieren, wie viele der metaphorischen Schlingen um meinen Hals ich aktiv ganz allein festgezogen hatte. Meine Mum wiegte mich ein weiteres Mal durch die „Wie entscheidest du dich?" – Welle. An dieser Stelle kringelte ich mich in die Embryonalhaltung und fing an zu weinen. Mein innerer Soundtrack passte sich dementsprechend an …

Welle um donnernde Welle zerschellte daraufhin an den Ufern meiner Mum: wie leer und verletzt sich mein Herz von dem Vertrauensverlust anfühlte; wie offen und empfindlich die Wunde noch war an der Stelle, an der ich von der Seite meiner Mum gerissen worden war; wie unbedeutend meine Ziele geworden waren, seitdem Sam aus meinem Leben hinausgesogen wurde; wie rissig und brennend meine Haut, ausgetrocknet nach Jahren, in denen sie nicht oder kaum berührt wurde; niemanden zum halten oder gehalten zu werden, niemanden …keinen … nichts … Woge um Woge … meine Mum streichelte mich einfach bis sie endlich nachließen, bis ich nicht mehr weinen konnte … Einfache kleine „Ich bin nicht stark genug, es allein zu schaffen"– Wellen kitzelten nun wieder und wieder ihre Zehen. Ich wollte einfach das es – all dies – ein Ende nahm. Ich wollte mit meiner Mum gehen.

Sie lächelte und sagte für gefühlte mehrere Jahre nichts. Während dieser Zeit drangen Momente der Klarheit in mein Bewusstsein vor, strahlend wie Sonnenlicht, das durch Wolken bricht. Ich erinnerte mich daran, wie oft meine Mum mir von dem Zusammenhang zwischen Verlust und Gewinn erzählt hatte. Ich erinnerte mich an Husseins dankbaren Gang. Ich erinnerte mich, dass meine Mum nicht immer geflüstert hatte. Ich erinnerte mich an eine Fotografie meiner Grandma Vic, der Frau, die an dem Tag starb, an dem ich geboren wurde. Verlust und Gewinn. Ich erinnere mich, dass meine Mum mir immer gesagt hatte, dass meine Farben verschwinden würden, aber dass etwas anderes sie ersetzen würde. Und dass man dies auf alle Dinge anwenden konnte: Verlust und Gewinn. Auch sie war im Inbegriff zu gehen. Also was oder wen würde ich gewinnen?

Ich erinnere mich nicht, dass meine Mum mich jemals in meinem ganzen Leben geküsst hatte. Aber sie musste es wohl getan haben, denn als sie mich jetzt küsste, fühlte es sich so wohlbekannt, so vertraut, so passend an. Es wärmte die Stelle an meiner Stirn, die von ihren Lippen berührt worden war. Da wusste ich, dass es für mich noch nicht an der Zeit war, mich meinen Ahnen anzuschließen. Und dann verblasste sie langsam. Und dann war sie weg.

Als ich heute Morgen auf der Brücke aufwachte, bemerkte ich sofort, dass es in der Nacht geschneit hatte. Der Schnee hatte sich ganz um mich herum angehäuft und war etwa einen Zentimeter tief. Ganz um mich herum, aber nicht eine einzige Flocke auf mir oder innerhalb eines Radius von fünf Zentimetern um meinen Körper herum.

…

Ich saß in dem abgewrackten kleinen Imbiss mit der unfreundlichen Berliner Bedienung und las noch einmal den verschlüsselten Teil des Briefes meiner Mum; der Teil, der sich auf Sam bezog und dessen Bedeutung sich mir immer noch nicht erschloss. Ich ignorierte die Kellnerin, welche ihre Augenbrauen hochzog, als ich meinen dritten Vegiburger mit Pommes bestellte. Was sollte ich sonst tun, wenn ich seit 24 Stunden nicht gegessen hatte? Offensichtlich besaß sie nicht die Fähigkeit, in die Zukunft zu schauen – oder möglicherweise, philosophierte ich weiter, besaß sie sie einfach nicht zum gegenwärtigen Zeitpunkt. Möglicherweise war es eine Fähigkeit, die kommen und gehen konnte? Wie Hunger, oder Läuse, oder Herzschmerz? Und dann verspürte ich einen Stich, als ich wieder an Hussein dachte.

Meine verdammte Mum.

Ja, Ruhe in Frieden und so weiter, aber ernsthaft – gestern Nacht? Was sollte die ganze weise und mystische Scheiße?

Ich dachte jetzt an das eine Mal, als ich all meinen Mut zusammengefasst hatte um ihr zu erzählen, dass ich mich in jemanden verliebt hatte. Ich glaube ich war sechzehn oder so.

„Hmmm …“, war ihre Antwort gewesen. Sie hatte sich nicht mal die Mühe gemacht von ihrem Buch aufzuschauen. Sie liebte es eben zu lesen.

„… in einen *Mann*!“, fügte ich theatralisch hinzu. Wenn ich schon auspacken würde, dann richtig.

„Ja“, gähnte sie. „Das hatte ich auch mal …“ Sie blätterte eine Seite um und fuhr mit dem Lesen fort. Das Sonnenlicht brachte ihr tiefschwarzes Haar zum Leuchten und reflektierte einzelne graue Haare hier und da, als seien sie aus einem diamantenen Garn gesponnen.

„Wirklich?!“, stieß ich hervor.

Sie sah endlich auf und studierte eingehend meinen erwartungsvollen Ausdruck über den Rand ihrer Lesebrille hinweg. „Oh Charlie, ich bitte dich!“, seufzte sie. „Es wird vorübergehen. Vertrau mir.“ Sie widmete sich wieder dem Lesen bevor sie hinzufügte: „Am Ende wurde mir klar, dass es Verstopfung war. Ich ging zur Toilette, drückte ein wenig und dann war alles wieder gut.“

Ich lachte in mich hinein – die Kellnerin sah wieder zu mir herüber, aber das war mir egal. *Ich entschied mich dazu!* Dann konzentrierte ich mich wieder auf die Zukunft. Was würde ich entscheiden, wie diese werden sollte?

Tag 24

Heute denke ich überwiegend an die Gegenwart.

Ich laufe zur Post und es regnet. Ich halte meinen Kopf hoch und genieße es einfach, wie die Tropfen mein Gesicht kitzeln. Die meisten Menschen, an denen ich vorbeilaufe sind tief in Gedanken; manche klammern sich an ihre Einkäufe und weichen aus, um nicht mit Kinderwagen zusammenzustoßen, manche rauchen und hoffen, dass sie ihre letzten Weihnachtsbäume verkaufen, bevor es dunkel wird. Diejenigen, die am glücklichsten aussehen, die Leute, denen der kleine autonome Supermarkt neben der Drogerie auf der Zossener Straße gehört, scheinen Weihnachten gar nicht zu feiern. Ab und zu kreuzt sich mein Blick mit jemandem und wir stellen eine Verbindung zueinander her. Es ist ein besonderer Moment, der kurzweilig einen köstlichen Regenbogen erscheinen lässt. Dann trennen sich unsere beiden Wege, jede_r ein kleines bisschen glücklicher als vorher – und all das in einer Zeitspanne von fünf Sekunden. Ein junges Mädchen entschuldigt sich bei mir und ihre Wangen fangen an zu leuchten, als ich ihren Regenschirm aus meinen Haaren befreie. Aber es macht mir nichts aus und ich sage ihr, dass sie es einfach vergessen soll. Vielleicht ist es *das*, was sie weihnachtliche Stimmung nennen …

Auf der gegenüberliegenden Straßenseite sehe ich wie Hussein gerade auf den Friedhof geht. Glücklicherweise hat er mich nicht gesehen. Ich weiß jedoch von Frau Bahir, dass er mehr als einmal nach mir gefragt hat, seit dem letzten Mal, als wir uns gesehen haben. Ich ziehe in Erwägung, ihm auf den Friedhof zu folgen, aber ich beschließe schnell, dass ich noch nicht ganz bereit dazu bin – allein der Gedanke daran bringt mich dazu, meinen Kopf zu schütteln. Aber ich lächle während ich das tue… Ich bin bereits zu dem Schluss gekommen, dass die Risiken, die damit verknüpft sind, ihn auf einen Kaffee oder so zu treffen, nicht so hoch sein können. Meine Mum hat schließlich Ghana verlassen und keine *Ejis* hatte das je zuvor getan. Und die Welt war auch nicht in sich zusammengefallen in den Tagen, seitdem ich zwei Nächte im Krankenhaus verbracht hatte. In der Tat, je mehr ich darüber nachdachte, desto mehr freundete ich mich mit der Idee an, mir selbst zu erlauben, anderen zu vertrauen. Ich hatte sogar beschlossen, dass ich Herrn Welker nächste Woche mailen würde. Ich bin schließlich immer noch seine fleißigste Kollegin. Aber ich möchte mir nicht um meine Arbeit, oder Geld, oder sonst was in diese Richtung Gedanken machen, bis es soweit ist. Im Moment genieße ich einfach die Tatsache, dass ich immer noch ein Dach über dem Kopf habe, Geld auf der Bank und Lebensmittel in meinem Kühlschrank ... Manche von uns haben nicht einmal das. Dies wird mein allererstes Weihnachtsfest der Klarheit sein.

Ich laufe weiter und drücke den Brief, den ich an Sam geschrieben habe, fest an mich. Es ist ein seltsames Gefühl zu wissen, dass die Worte, die in diesem Umschlag enthalten sind, möglicherweise den Verlauf unserer Beziehung ändern könnten. Im Grunde handelt es sich nur um einige Bewegungen auf einem Blatt Papier an denen ein Stift, ein paar Linien und Schnörkel aus Tinte, ein paar Falten beteiligt sind – aber drei Tage später könnte ich meine Tochter wieder im Arm halten. Das wäre magisch. Und mein Herz, welches bereits angeschwollen war vor Stolz und Liebe für ihr neugeborenes Baby, füllte sich noch ein wenig mehr.

Ich erreiche die Post und drücke gegen die Tür, auf der „Ziehen" draufsteht – wieder mal. Innerlich verdrehe ich die Augen. Ich werde es lernen, sage ich mir selbst. Für all diese Dinge habe ich immer noch Zeit. Ich werde es einfach langsam angehen lassen – Tag für Tag...

***

Danksagung

„Synchronicity“ habe ich kurz vor Weihnachten 2013 geschrieben. Es war als irgendetwas zwischen Advents-Geschenk und Experiment gedacht. Beginnend am 1. Dezember schickte ich 24 Freund_innen jeden Tag bis zum 24. Dezember eine Folge per Mail. Beim Schreiben während der ersten Tage plante ich, dass jede Folge etwa 250 Wörter lang werden sollte. Aber am Schluss habe ich zwischen 800 und 1000 Wörtern täglich geschrieben. Das hat mich selber gewundert, denn eigentlich sollte die Geschichte kurz und lustig werden. Eine Adventsgeschichte eben. Warum wurde sie jetzt tiefgreifender?

Erstens ist Weihnachten gar kein so leichtes Thema. Es ist bekanntlich das Fest der Familie schlechthin. Doch ich kenne inzwischen sehr viele Menschen, die jedes Jahr vor der Frage stehen, wo sie Weihnachten verbringen sollen_können. Es ist keine Ausnahme mehr, Weihnachten alleine verbringen zu wollen oder müssen. An solche Personen habe ich gedacht, als ich mich entschied, aus der Perspektive einer Person, die das Fest alleine verbringen würde, eine Advents-Geschichte zu schreiben. Also – danke euch für die Inspiration!

Zweitens wollte ich wieder eine Schwarze Hauptfigur erfinden. Eine Frau, die in Deutschland – einem überwiegend *weißen* Land – lebt und arbeitet. Allein diese Entscheidung war ein politischer Akt. „Warum denn?“, fragte mich eine *(weiße)* Person tatsächlich. Eine andere *(weiße)* Person kommentierte: „ich hoffe, die Hauptfigur wird in der Geschichte nicht auf ihre Hautfarbe reduziert ...“ (Ich frage mich, ob Annette von Droste-Hülshoff, Thomas Mann oder Heinrich Heine auch solche Sätze zu hören bekamen, obwohl sie ausschließlich *weiße* Hauptfiguren geschrieben haben, aber das führt uns in eine Sackgasse. Stattdessen empfehle ich die Lektüre der Anthologie „Mythen, Masken und Subjekte“ von Maureen Maisha Eggers, Grada Kilomba, Peggy Piesche und Susan Arndt). Und so bin ich unausweichlich beim Thema *race* gelandet. Das ist, wie Weihnachten, auch gar kein so leichtes Thema. Die Kommentare haben den Schreibprozess beeinflusst. Also – danke euch für die Erdung!

Drittens stellte es sich sehr schnell heraus, dass meine ursprüngliche Idee – die Geschichte einer Grafikerin, die jeden Tag eine Farbe verliert – viel mehr in sich birgt, als ich am Anfang angenommen hatte. Ich habe mir dann die nötige Zeit und Raum genommen, um meiner Kreativität freien Lauf zu lassen. Und darum ist das, was als kleine E-Mail-Geschichte anfing, eine sehr lange Kurzgeschichte geworden. Die 24 Freund_innen, die 24 Tage lang gelesen haben, haben sich jedenfalls nicht beschwert. Also – danke euch für die Aufmerksamkeit!

Ein besonderer Dank gilt Astrid Thompson, Anona Rooley, Elena Diaz-Glaab, Elena Ficara, Catherine Johnson, Kadeer Arif, Mirjam Nuenning, Clementine Burnley, Dirk Ludwig, Allyson Otoo und vor allem Tyrell Otoo. Vielen Dank, dass ihr das englischsprachige Original „Day by Day“ damals gelesen und mir Feedback gegeben habt. Weil ihr da wart und immer neugierig auf die nächste Folge gewartet habt, habe ich weitergeschrieben. Weil ihr zur richtigen Zeit kritische Fragen gestellt habt, habe ich an der Handlung geschliffen. *Thank you!*

Außerdem möchte ich mich ganz herzlich bei der „Dinner Party“ bedanken. Das waren eine handvoll wunderbare Personen, die sich mit mir an einem Abend getroffen haben um mit mir ausführlich über die Geschichte zu reden. Sie waren Bona Ngoumou, Gonza Ngoumou, Jeanny Mayani, Mirjam Nuenning, Clementine Burnley, Catherine Johnson, Hannah Stockmann, Joerg Hammer, Ralf Steinberger und Dirk Ludwig.

Nouria Asfaha, Nadine Lantzsch und Joerg Hammer möchte ich ausdrücklich für ihre sorgfältige, liebevolle Auseinandersetzung mit dem Text und der Übersetzung danken. Ich weiß es wirklich sehr zu schätzen.

Von den Leuten beim Verlag edition assemblage möchte ich mich wieder mal und explizit bei Carina Büker, Ronja Schreurs und Willi Bischof für ihre tatkräftige Unterstützung und überhaupt die wichtige Arbeit bedanken. Bitte unbedingt weitermachen! Ihr seid die Besten!

Ich muss meine wahnsinnig tollen Babysitter_innen erwähnen, die den Schreibprozess auch unterstützt haben, indem sie mit Hingabe und Begeisterung auf meinen Chef aufgepasst haben: Vielen lieben Dank Wamilika Mawakha, Zoe Steinberger, Nzitu Mawakha, Asad Schwarz-Msesilamba, Paul Teschner, Suel Wald und Ciara Beuster.

Clementine Burnley, meine Herausgeberin, hat immer zügig alles gelesen was ich ihr nur schicken konnte und war stets für mich da, besonders wenn es darum ging, meine komischen Ideen anzuhören. Außerdem hat sie mir erstmalig einen Namen gegeben für das, was ich schreibe: Afrofuturism. *It is such an honour to have met you and worked with you, Tina. Thank you for your wisdom and your friendship.*

Markus Weiß, mein Graphiker, hat für mich noch einmal gezaubert – das Ergebnis haltet ihr in euren Händern. Für deine Großzügigkeit, deine Ausdauer und deine Solidarität bedanke ich mich sehr, lieber Markus.

Die ausgezeichneten, bewegenden Bilder von Sita Ngoumou sind ein wahres Geschenk für diese Publikation. So viel Talent braucht viel mehr Platz als diese wenigen Seiten! Ich habe echt Glück gehabt, dass Bona mich mit ihrer so talentierte Schwester verlinkt hat. Liebe Sita, das Angebot für eine Kinderbuch-Kollaboration steht noch! Lass uns endlich anfangen ... :-)

Und natürlich vielen lieben Dank an die begabte Übersetzerin Mirjam Nuenning (und ihre Assistentin M'Sozi). Mirjam fand wieder mal die Energie, die Geduld und die Muße meine englischen Wörter in wunderschönes Deutsch zu übersetzen. Ich weiß nicht, wie du das machst, Mirjam, ich weiß nur, dass ich wirklich sehr dankbar für deine Unterstützung bin und ich mich sehr geehrt schätze, dich als meine liebe Freundin zu haben.

Lieber Dirk, nun ja, die Danksagung ist tatsächlich etwas länger geworden, aber hier der wichstigste Teil: Werte Leser_innen, ohne Dirk wäre gar nichts gegangen. Auf Wiederhören! (I hope that covers it?!) Spaß beiseite: Danke, dass du für mich da bist :-)

Und – *last but by no means least* – lieber Elijah, lieber Lewis, lieber Tyrell & lieber Dion, ich hoffe, diese kleine Geschichte gefällt euch. Vielleicht bekommt ihr dadurch einen kleinen Eindruck davon, wie sehr ich euch lieb habe ...

„Synchronicity" ist meiner Patentochter, Amira, gewidmet – und ihrer bewundernswerten, superstarken und ganz besonderen Mutter.

Sharon Dodua Otoo, August 2014

***

Hinweis zur Schreibweise

Ich verwende „Schwarz" und „*weiß*" in dieser Geschichte nicht, um Hautfarben zu beschreiben, sondern als politische Bezeichnungen. Dadurch soll hervorgehoben werden, dass es sich um soziale Konstruktionen handelt und keine körperlichen Merkmale. Aus dem gleichen Grund schreibe ich das Wort „*race*" und nicht die deutsche Übersetzung davon.

Im deutschen Kontext wird „Schwarz" oft mit „Mitglied der afrikanischen Diaspora" gleichgesetzt. „People of Color" hingegen bezeichnet alle Menschen, die in mehrheitlich *weißen* Gesellschaften von Rassismus betroffen sind bzw. rassifiziert werden. Im deutschen Kontext wird der Begriff auf englisch verwendet.

Ich verwende außerdem das Gender-Gap. Das ist eine Schreibweise mit Unterstrich (z.B. Kund_innen), die das binäre System von Mann/Frau aufbrechen und Raum für weitere Gender-Identitäten ermöglichen soll.